외투

Шинель

니콜라이 고골
조주관 옮김

외투

Шинель

니콜라이 고골

고골, 고골, 고골 그리고…… 고골?

금정연

도스토예프스키가 고골의 집에 놀러 갔다. 초인종을 눌렀다. "아니, <u>도스토예프스키</u> 씨, 고골 선생님은 오십 년 전에 돌아가셨는데요.", "아니, 그래요?" 도스토예프스키는 (하늘에서 평안하시길!) 잠시 생각하더니 이렇게 말했다. "나도 언젠가는 죽을 텐데요, 뭐."[1]

—

고골은 이상한 존재였다. 하지만 천재는 늘 이상하다. 고상한 독자들에게 삶을 풍요롭게 하는 현명한 친구로 간주되는 것은 건강한 이류뿐이다, 라는 말로 나보코프는 고골에 대한 강의를 시작한다. 위대한 문학은 비이성성의 주변을 맴돈다. 『햄릿』은 과대망상에 걸린 학자의 거친 꿈이다. 고골의 「외

---

[1]   다닐 하름스, 박하연 옮김, 「신나는 친구들」, 『analrealism vol.1』, 서울생활, 2015, 205쪽.

투」는 어두운 삶에 검은 구멍을 내는 기괴하고도 음침한 악몽이다……[2]

고골 소설의 등장인물들도 이상한 존재이기는 마찬가지다. 「코」의 8등관 꼬발료프 소령. 「외투」의 만년 9급 관리 아까끼 아까끼예비치. 역시 9급 관리인 「광인 일기」의 뽀쁘리시친. 하지만 그들은 천재보다는 바보에 더 가까워 보이는데, 그렇다고 다 같은 바보는 아니다. 지젝은 바보의 유형을 세 가지로 나눈다.

① 천치(idiot): IQ 0~25
② 또라이(imbecile): IQ 26~50
③ 얼간이(moron): IQ 51~70

그에 따르면 천치는 앞뒤 분간 못 하는 바보며 얼간이는 상식만 아는 갑갑한 인간이다. 또라이는 상식을 알지만 지키지는 않는다.[3](못한다.)[4] 그렇다면 나는 이렇게 말하고 싶다.

「코」는 얼간이 꼬발료프가 또라이가 될 뻔했다가 다시 얼간이가 되는 이야기다.

2 블라디미르 나보코프, 이혜승 옮김, 『나보코프의 러시아 문학 강의』, 을유문화사, 2012, 119쪽.

3 이상은 소설가 정지돈이 내게 말해 준 내용이다. 『문학의 기쁨』(금정연·정지돈, 루페, 2017.) 113쪽을 참고하라.

4 "천치는 그야말로 혼자서 큰 타자 바깥에 있고, 얼간이는 큰 타자 내부에(멍청하니 언어 속에 거주하면서) 있으며, 또라이는 이 둘 사이에 있다. ─ 큰 타자가 필요하다는 걸 알지만 그것에 의존하지는 않은 채, 그것을 불신하면서." (슬라보예 지젝, 조형준 옮김, 『헤겔 레스토랑』, 새물결, 2013, 25쪽.)

「외투」는 또라이 아까끼가 얼간이가 되려다 목숨을 잃는 이야기다.

「광인 일기」는 얼간이인 줄 알았던 또라이 뽀쁘리시친이 천치가 되는 이야기다.

고골은 속물들의 세계를 즐겨 그렸다. 14급으로 나뉜 관등의 세계. 신분을 드러내는 의복과 헤어스타일의 세계. 수직적 관료 체계가 허락하는 것만 상상하고 욕망하는 자들의 세계. 다시 말해, 얼간이들의 세계. 따라서 고골의 주인공들은 얼간이와 또라이, 또라이와 천치 사이를 오갈 수밖에 없다. 얼간이들의 세계에서 얼간이들의 이야기를 하는 것만큼 재미없는 일도 없기 때문이다. 얼간이들의 세계에서 얼간이조차 되지 못하는 인간들의 이야기. 그것이 바로 고골의 소설이다.

—

꼬발료프는 흠잡을 데 없는 얼간이다. 다른 두 주인공보다 한 등급 높은 8등관이라는 신분 그리고 그런 자신을 대하는 그의 태도가 그를 그렇게 만들었다. 그는 위신을 뽐내기 위해 소령을 자처하며 잘 관리한 구레나룻에, 빳빳하게 풀을 먹인 새하얀 와이셔츠를 입고 20만 루블의 지참금을 가져다줄 미래의 신부를 찾아 여기저기 다리를 걸치고 다니는 인간이다. (알 수 없는 이유로) 코를 잃어버린 그는 한순간 또라이로 전락할 위기에 처하지만, (알 수 없는 이유로) 코가 돌아오자 그는 의기양양해져 한층 더 얼간이가 된다. 예쁜 여자라면 누구에게나 추파를 던지고 다니는 것으로도 모자라, 시장 상점에서

훈장에 다는 리본까지 산다.("대체 그것을 무엇에 쓰려는지 알 수
없었다. 왜냐하면 그는 아직 한 번도 훈장을 받은 일이 없었기 때문이
다.") 그 모든 소동을 통해 꼬발료프는 어떤 교훈도 얻지 않았
다. 여기서 우리는 두 가지 결론을 내릴 수 있다. 하나, 꼬발료
프는 또라이가 될 수 없는 인간이다.[5] 둘, 고골은 또라이가 될
수 있는 작가다. 소설의 마지막에 사건을 요약하며 고골은 이
렇게 덧붙인다.

"아니, 그것은 도저히 이해할 수 없다. 나로서는 정말로 이
해할 수 없는 일이다. 그러나 무엇보다 이상하고 무엇보다 이
해하기 어려운 것은 작가들이 어떻게 이런 종류의 사건을 주
제로 삼을 수 있겠느냐 하는 문제다. 솔직히 말해서 이것은 이
미 인간의 두뇌로는 풀어낼 수 없는, 다시 말하자면…… 아니,
아니, 나로서는 도저히 이해할 수 없는 문제다. 첫째로 이런
사건을 주제로 써 봐야 국가에 이로울 건 조금도 없을 테고,
둘째로는…… 둘째도 역시 아무런 이익이 없을 것이다. 하여
튼 나는 뭐가 뭔지 도무지 알 수가 없다……."

—

아까끼 아까끼예비치가 또라이인 이유는 그가 놀랍도록 금
욕적인 인간이라서다. 치질 환자 같은 낯빛으로 젊은 관리들
의 괴롭힘에도 묵묵히 자신의 일에만 몰두하던 그는 "그렇게

---

5   자신의 코가 5등관의 의복을 입고 나타나자 어떻게 대해야 할지 몰라서 쩔쩔매
     던 그의 모습을 떠올려 보라. 그는 자신의 코가 사라진 상황에서도 관등의 세계
     를 벗어나지 못하는 인간이다.

하고 싶지 않습니다."라고 말하던 필경사 바틀비의 형제요, "그러니 나를 좀 제발 그냥 놔두시오!"라고 소리치던 좀머 씨의 고조할아버지다. 그의 불행은 그가 러시아에서 태어났다는 사실에서 기인한다. 어느 겨울 날, 외투라는 점잖은 이름 대신 실내복이라고 불리던 그의 낡은 외투가 뻬쩨르부르그의 북풍을 이기지 못하고 망가져 버린다. 난데없는 지출(그가 쫄쫄 굶으며 일 년을 버텨야 겨우 손에 쥘 수 있는 금액이다.) 앞에서, 그는 엘리자베스 퀴블러로스가 언급한 다섯 단계(부정→분노→타협→절망→수용)를 거친다. 그렇게 보면 또라이 아까끼는 그때 이미 죽은 셈이다. 그는 새로운 외투와 함께 새로운 욕망에 눈을 뜬다. 얼간이 아까끼의 탄생!

얼간이 동료들은 새로운 동료를 환영하며 성대한 파티를 연다. 어쩐지 우쭐해진 아까끼는 상점에 붙은 야한 포스터를 보며 음흉한 미소를 짓기도 하고, 지나가는 여자를 이유 없이 쫓아가기도 하면서 파티장으로 향한다. 아아, 얼간이다. 너무나도 얼간이다. 하지만 얼간이로 남기에는 그가 너무 가난하다. 따라서 파티에서 돌아오는 길에 괴한을 만나 외투를 빼앗긴 것도, 상심에 빠져 시름시름 앓다가 결국 세상을 떠난 것도 모두 운명이라면 운명일 터다. 아까끼의 죽음은, 밤마다 관리의 모습을 한 유령이 나타나 도둑맞은 외투를 찾아다니면서 외투를 입은 사람만 보면 관등이고 계급이고 가리지 않고 죄다 빼앗아 간다는 괴담으로 남는다. 여기서도 결론은 두 가지다. 먼저 얼간이의 결론: 뱁새가 황새 따라가면 다리가 찢어진다. 다음은 또라이의 결론: 아무리 얌전해 보이는 또라이라도 함부로 건드리면 안 된다. 그는 죽어서도 세상에 복수하리라, 그것도 무차별적으로. 물론 내가 생각하는 결론은 후자다.

언젠가 도스토예프스키는 "러시아의 작가는 모두 고골의 「외투」에서 나왔다."라고 말한 바 있는데, 내가 아는 러시아 작가는 다 또라이다.

—

국장의 딸과 결혼해서 사랑과 성공을 모두 얻으려는 뽀쁘리시친은 영락없는 얼간이처럼 보인다. 하지만 우리는 이내 그가 평범한 얼간이가 아니라는 사실을 알게 되는데, 우연히 길에서 만난 국장의 개가 다른 개와 나누는 대화를 그가 옮겨 적고 있기 때문이다. 개가 사람처럼 말하는 소리를 듣고 깜짝 놀란 그는 곧바로 잘 생각해 보면 별로 놀랄 일도 아니라고 말한다. 이와 비슷한 일들이 세상엔 얼마든지 일어난다는 것이다.(「코」와 「외투」에서도 비슷한 문장을 발견할 수 있다.) 좋다, 여기까지라면 또 하나의 또라이라고 생각할 수도 있다. 문제는 다음이다. 연인 사이인 개들은 배달 사고가 난 연애편지 때문에 사랑싸움을 벌이는데, 그 사실을 알고 화들짝 놀란 뽀쁘리시친은 이렇게 말한다. "참으로 놀라운 일이다. 개가 편지를 쓸 수 있다는 말은 평생 들은 적이 없다. 글을 정확하게 쓸 수 있는 것은 귀족뿐이다. 물론 상점의 경리나 어떤 농노들도 종종 글을 쓸 줄 안다. 그러나 그들의 글은 대체로 기계적이다. 쉼표도, 마침표도 없으며 문체도 엉망이다."

이어지는 내용은 점입가경이다. 개집에 쳐들어가 편지(물론 개들이 주고받은 연애편지다.)를 훔친 뽀쁘리시친은 국장의 딸이 자기를 안중에 두고 있지도 않으며, 근사한 시종무관과 결혼할 거라는 사실을 알게 된다.(물론 거기에 이르기까지 개들의 사랑 놀음을 참고 읽어야 했다. "에잇, 제기랄! ……망할 것! 어떻게 이런 시시한 이야기를 편지에 잔뜩 써 놓을 수 있담!") 시종무관만 사람 취급하는 세상에서, 자신이 9급 관리라는 현실에 몸서리를 치던 뽀쁘리시친은 문득 깨닫는다. "오늘은 위대한 경사가 있는 날이다. 스페인의 왕이 살아 있었다. 그가 발견되었다. 그왕은 바로 나다. 오늘에야 비로소 이 사실을 알았다. 솔직히 말해 번개처럼 갑자기 그런 생각이 들었다. 어찌하여 나는 나자신을 지금까지 9급 관리라고 생각하고, 상상할 수 있었는지 도무지 이해가 되지 않는다. 난 어떻게 그런 어리석은 공상을 하게 되었을까? 아무도 나를 아직 정신 병원에 보내려고 하지 않아서 다행이다. 이제 모든 일이 다 밝혀졌다……."

그가 천치라는 사실을 굳이 밝힐 필요가 있을까? 같은 이유로, 이제 그가 정신 병원에 가게 되었다는 사실 또한 굳이 밝힐 필요는 없을 터다. 하지만 그는 자신이 스페인의 왕 페르디난트라고 생각했고, 이어지는 절차와 고초를 모두 왕의 대관식이라고 여겼다. 「광인 일기」는 전적으로 뽀쁘리시친의 관점에서 작성된 일기이므로, 우리는 그가 정신 병원에 갔다는 객관적인 증거를 찾을 수는 없다. 고골 또한 생의 말년에 정신 이상을 일으켜, 자기야말로 세상을 구원하라는 소명을 받은 그리스도의 사도라는 망상 속에 빠져 살다가 세상을 떠났다. 고골 또한 단순한 또라이는 아니었다.

—

고골은 이상한 존재였다. 나보코프가 맞다. 그런데 그는 정말 천재였을까. 그의 작품을 읽다 보면, 그리고 그의 생애를 생각하다 보면 자연스럽게 그런 생각이 든다. 그는 우크라이나의 시골 마을에서 태어난 소지주의 아들이었고(그의 생일은 4월 1일이다.), 김나지움을 졸업하고 국가의 이익을 위해 헌신하겠다는 열망으로 뻬쩨르부르그로 상경한 야심 찬 청년이었으며, 황실 극단의 오디션에 번번이 떨어진 불운한 배우였고, 관공서의 별 볼 일 없는 부서에서 푼돈을 받고 일하던 말단 공무원이었으며, 자비 출판한 시집의 (무)반응에 실망한 나머지 남은 책을 모두 태워 버린 실패한 시인이었다. 그는 "과민하고, 성질이 고약하고, 교양이 없고, 세상 모든 일에 아둔하리만치 서툴렀다."[6] 『죽은 혼』으로 성공의 정점을 맛본 후 2부를 이어 쓰기 위해 노력했지만 끝내 성공하지 못한 채 죽음을 맞았다. 물론 그는 여전히 우리 앞에 놓인 훌륭한 세 편의 단편과 그 밖의 많은 걸작을 남긴 위대한 작가다. 그렇다면 그가 굳이 천재일 필요가 있을까. 내 말은, 그의 삶과 작품에 비추어 볼 때 '천재'라는 단어는 너무 심심하고 재미가 없다는 거다.

따라서 나는 지적의 분류에 새로운 항목을 추가할 것을 제안한다. 이런 항목이다.

④ 고골(Gogol): IQ 0∼180

하늘에서 평안하시길.

---

6   블라디미르 나보코프, 앞의 책, 102쪽.

차례

코

1

흔히 볼 수 없는 괴상한 사건이 3월 25일 뻬쩨르부르그에서 발생했다. 이반 야꼬블레비치[7]라는 이발사가 보즈네센스끼 거리에 살고 있었다. (그의 성은 알 수가 없고, 이발소 간판에는 볼에다 하얀 비누칠을 한 신사의 얼굴 그림과 "피도 뻬드립니다.")라는 글귀가 적혀 있을 뿐, 다른 아무것도 씌어 있지가 않았다.[8]

---

7   이발사 이반 야꼬블레비치의 이름을 분석해 보면 아주 흥미롭다. 러시아에서 흔한 이름인 이반은 비인격적이며 감정이 없는 사람을 일컬을 때 사용된다. 그리고 야꼬브(Yakov)는 속담에서 나온 말인데 매우 어리석고 바보스러운 사람을 가리켜 야꼬브라 한다. 러시아 속담에는 다음과 같은 말이 있다. "수다쟁이가 야꼬브에 대해서 말을 한다." 이 속담은 말뜻을 잘 알아듣지 못하는 사람을 위해서 반복하여 설명해 준다는 뜻이다.

8   중세 유럽에서는 정맥을 절단하여 피를 빼는 방혈(放血)이 건망증, 청력 상실, 뇌졸중의 치료법이었다. 질병은 신체의 특정 부위에 혈액이 정체되어 생긴 것이므로 방혈을 통해 기능을 회복시킬 수 있다는 것이 이론적 근거였다. 당시 외과 의사 겸 이발사는 피를 뜻하는 적색과, 붕대를 뜻하는 백색의 줄무늬 기둥 위에 피를 받아내는 세숫대야를 걸고 방혈 치료를 한다는 광고를 하였다. 이것

아침 일찍 깨어난 이발사 이반 야꼬블레비치는 빵 굽는 냄새를 맡았다. 침대에서 비스듬히 몸을 일으킨 이반은 커피를 즐겨 마시는 뚱보 마누라가 지금 막 구운 빵을 난로에서 꺼내는 것을 보았다.

"여보! 쁘라스꼬비야 오시쁘브나! 오늘 난 커피 안 마실래."

이반 야꼬블레비치가 말했다.

"대신 따끈따끈한 빵하고 파가 먹고 싶은데."

사실 이반 야꼬블레비치는 빵과 커피를 둘 다 먹고 싶었지만, 아내가 그런 욕심을 아주 싫어했으므로 한꺼번에 두 가지를 다 요구할 수는 없었다.

'제기랄, 빵을 먹든지 말든지. 커피가 한 잔 남으니까, 나한테는 그게 더 좋아.'

아내는 속으로 그렇게 생각하고는 식탁에다 빵 한 조각을 던져 놓았다.

이반 야꼬블레비치는 예절을 지키기 위해 남방셔츠 위에다 모닝코트를 입고 식탁에 앉아 파와 빵 위에 소금을 뿌려 식사 준비를 마친 다음, 나이프를 손에 들고 심각한 표정으로 빵을 자르기 시작했다. 빵을 두 조각으로 잘랐을 때 빵 속에서 무언가 하얀 것이 눈에 띄자 깜짝 놀랐다. 이반 야꼬블레비치는 조심스럽게 나이프 끝으로 빵을 헤집은 다음 손가락으로 그것을 살짝 만져 보았다.

이 오늘날 이발소의 상징물로 남아 있는 것을 보면 당시 인기가 굉장했음을 알 수 있다. 그러므로 오늘날 이발소의 네온사인에서 빨간 것은 동맥, 파란 것은 정맥, 흰 것은 붕대를 의미한다. 이것은 곧 옛날에는 이발사와 외과 의사가 동일한 직업이었다는 것을 말해 준다.

"단단한걸."

혼자 중얼거렸다.

"대체 이게 뭘까?"

그는 손가락을 쑤셔 넣어 그것을 빼냈다. 코다……! 이반 야꼬블레비치는 양손을 얼른 움츠렸다. 눈을 비비고 다시 손가락으로 건드려 보았다. 역시 코다. 사람의 코가 틀림없다! 게다가 아는 사람의 코 같았다. 이반 야꼬블레비치의 얼굴에 공포의 빛이 감돌았다. 하지만 그 공포도 아내가 터뜨린 분노에 비하면 아무것도 아니었다.

"아니, 여보! 어디서 남의 코를 잘라 온 거야?"

그녀는 버럭 성을 내며 소리치기 시작했다.

"사기꾼! 술주정뱅이! 내가 직접 경찰에 고발해야지! 이런 날강도가 어디 있어. 당신이 면도할 때 남의 코를 얼마나 세게 움켜쥐는지 내가 벌써 세 사람한테서나 들었어……."

그러나 이반 야꼬블레비치는 제정신이 아닐 정도로 비몽사몽간이었다. 그는 이 코가 누구 코인지 기억이 났다. 매주 수요일과 일요일에 면도하러 오는 8등관[9] 꼬발료프[10]의

---

9   러시아 관료의 직급은 1722년 뽀뜨르 대제에 의해 14등급으로 분류되었다. 이 관등은 1917년 볼셰비키 혁명 때까지 변동 없이 시행되었다. 이 작품에 등장하는 인물들의 관등은 5등 문관, 6등 문관(대령), 7등 문관(중령), 8등 문관(소령)이 있다.(괄호 속의 등급은 군인 계급으로 소령은 1884년에 없어졌다.) 관료의 등급에 따라 경칭 역시 다르다. 3등급에서 5등급까지는 '각하'라는 경칭을, 6등급에서 8등급까지는 '최고 귀하'로, 나머지는 '귀하'라는 경칭을 사용하였다.

10   주인공의 이름을 분석하면 재미있다. 꼬발료프(Kovalyov)는 우선 소리상 고골의 우끄라이나어식 발음인 고골료프(Gogolov)와 유사하다. 또한 Kovalyov는 고골의 이름 Nikolay의 애칭인 Kolya에서 나온 것이다. 이뿐만 아니라 Kovalyov라는 이름 속에는 고골의 부친 이름인 Vasilyevich가 함축되어 있다. 즉, Vasilyevich에서 'va'와 'yev'는 Kovalyov에서 'va'와 'yov'에 대응한다. 이렇

코였다.

"여보! 그만해! 헝겊에 싸서 구석에 처박아 두었다가 나중에 내다 버리면 되잖아."

"그따위 소린 듣기 싫어요! 그래 내가 남의 얼굴에서 베어 낸 코를 이 방에 내버려 둘 것 같아요? 세상에 저런 못난이가 어디에 있어! 기껏해야 혁대에 면도칼이나 문지르는 재주밖엔 없으니. 자기 일은 하나도 처리할 줄 모르고! 정말 주책이라니까! 내가 경찰에 가서 대신 적당히 대답해 주겠지, 생각하는 거죠? ……아이! 저 등신, 바보! 자, 어서 내가요, 어서! 자, 어서 아무 데에나 내다 버리라니까! 냄새도 맡기 싫어!"

이반 야꼬블레비치는 마치 무엇에 호되게 얻어맞기라도 한 것처럼 얼떨떨한 표정으로 서 있었다. 아무리 생각해 보아도 정작 무엇을 어떻게 생각해야 좋을지 알 수가 없었다.

"도대체 어떻게 이런 일이 일어날 수 있을까?"

마침내 그는 뒤통수를 긁적이며 중얼거렸다.

"어제 내가 술에 취해 집에 들어왔나? 어쨌든 아무리 생각해 봐도 이건 도저히 있을 수 없는 일이야. 빵은 잘 구워졌는데 그 속의 코는 말짱하잖아. 어찌 된 영문인지 알 수가 없네!"

이반 야꼬블레비치는 입을 다물었다. 이 코가 경찰한테 발각되면 어차피 자기가 죄를 뒤집어쓸 거라고 생각하니 아

게 만들어진 Kovalyov라는 이름은 '수캐'라는 의미를 지닌 'kobel'이라는 단어를 연상시키는데, 꼬발료프가 개처럼 이리저리 여성의 뒤를 쫓아다니며 기회를 살피는 행동과 잘 들어맞는다고 할 수 있다. Kovalyov라는 이름이 대장장이를 의미하는 러시아어 'koval'에서 유래한다고 주장하는 사람도 있다.

찔했다. 은실로 화려하게 수놓은 경찰복의 붉은 옷깃이며 기다란 대검이 벌써부터 눈앞에 어른거리기 시작하자 온몸이 부들부들 떨려 왔다. 마침내 그는 바지와 구두를 꺼내 꾀죄죄한 옷차림을 하고, 마누라의 시끄러운 잔소리를 뒤로한 채 헝겊에 코를 싸 들고 한길로 나왔다.

이반은 그것을 대문 아래 주춧돌 사이에 끼워 넣거나 아니면 실수인 양 땅에 슬쩍 떨어뜨리고는 얼른 골목을 돌아가려고 했다. 그러나 공교롭게도 그는 잘 아는 친구와 맞닥뜨리고 말았다.

"어딜 가는 길인가? 이렇게 일찌감치 누구 면도해 주러 가나?"

이렇게 치근치근 묻는 바람에 이반 야꼬블레비치는 도저히 적당한 기회를 포착할 수가 없었다. 이번엔 코를 길바닥에 떨어뜨리는 데 감쪽같이 성공했다. 하지만 마침 순찰 중이던 경찰이 곤봉으로 그것을 가리키며 주의를 주었다.

"이봐, 자네! 거기 뭐 떨어뜨렸어. 주워 가!"

그래서 결국 이반 야꼬블레비치는 하는 수 없이 코를 주워 다시 호주머니 속에 넣을 수밖에 없었다. 그러다 보니 어느새 크고 작은 상점들이 문을 열기 시작했고, 거리에 사람들의 왕래도 점점 많아져 그는 더욱 절망에 빠져들었다.

어쩌면 네바 강에 코를 슬쩍 던져 버릴 수 있을지도 모른다는 생각에 그는 이사끼예프 다리 쪽으로 가야겠다고 마음먹었다. 그건 그렇고, 여러 가지 정황으로 보아 존경할 만한 인물인 이반 야꼬블레비치에 대해 지금까지 한마디도 언급하지 않은 것은 약간 죄송스러운 일이 아닐 수 없겠다.

이반 야꼬블레비치는 러시아의 솜씨 좋은 이발사가 모두

그렇듯이 대단한 술꾼이었다. 날마다 다른 사람의 수염을 깎아 주지만 자신은 좀처럼 수염을 깎으려 하지 않았다. 이반 야꼬블레비치는 코트를 입어 본 일이 한 번도 없었다. 그나마 있는 양복은 얼룩덜룩하게 보일 정도였다. 원래 까만색이었던 것이 지금은 낡아 누릇누릇하고 희끗희끗한 얼룩무늬가 생겼기 때문이다. 옷깃은 닳을 대로 닳아 버려 반질반질하였다. 단추는 세 개나 떨어져 나가고, 그 자리엔 실밥만 남아 있었다. 이반 야꼬블레비치는 원래 배짱이 좋았다. 8등관 꼬발료프는 면도를 할 때면 언제나 이렇게 말했다.

"이반 야꼬블레비치, 자네 손에서 구린내[11]가 나!"

그러면 이반은 반문하는 것이었다.

"글쎄요. 왜 구린내가 날까요?"

그럴 때 8등관은 말했다.

"왜 그런지는 모르겠지만, 어쨌든 구린내가 나는 건 사실이야."

그러면 이반 야꼬블레비치는 코담배를 코에 갖다 대고 냄새를 들이마시고 나서, 말대꾸 대신 8등관에게 볼, 코, 뒤통수, 턱밑을 가리지 않고 손이 가는 대로 마구 비누칠을 해 대는 것이었다.

이 존경할 만한 시민이 막 이사끼예프 다리에 나타났다. 그는 우선 주위를 한번 살펴보고 나서, 다리 밑에 물고기가 많이 놀고 있는지 어떤지를 살피는 척하며 난간에 몸을 기댔다. 그러고는 헝겊에 싼 코를 슬쩍 밑으로 떨어뜨렸다. 마치 천 근

11 　비평가 예르마꼬프는 이발사 이반 야꼬블레비치의 손에서 풍기는 '구린내'를 '항문 에로티즘(anal erotism)'의 증거라고 주장한다.

이나 되는 무거운 짐을 한꺼번에 벗어던진 기분이었다. 이반 야꼬블레비치의 입가에는 만족스러운 미소가 떠올랐다. 그는 관리의 면도를 해 주러 갈 생각은 않고 '식사와 차'라는 간판이 걸린 음식점으로 발길을 돌렸다. 펀치 술을 한 잔 마시고 싶었던 것이다. 그때 뜻밖에도 삼각모에 대검을 차고 구레나룻을 넓게 기른 의젓하게 생긴 경찰 하나가 다리 끝에 서 있는 모습이 눈에 들어왔다. 그는 정신이 아찔했다. 경찰은 그를 보고 손가락으로 오라는 시늉을 하며 말했다.

"이봐! 이리 좀 와 봐!"

이반 야꼬블레비치는 예의상 멀리서부터 모자를 벗어 들고 종종걸음으로 다가가며 인사를 했다.

"나리! 안녕하십니까?"

"나리고 뭐고, 자네 지금 저 다리 위에서 무슨 짓을 했나? 바른대로 말해 봐!"

"아이 참, 나리도. 저는 면도를 하러 가는 길에 그저 물살이 빠른지 어떤지 살펴보았습니다. 그저 그것뿐이에요."

"거짓말하지 마! 그따위 수작에 누가 넘어가나? 어서 바른대로 말해!"

"그보다도 나리, 일주일에 두 번씩, 아니 세 번씩이라도 면도를 해 드리죠. 물론 공짜입니다."

이반 야꼬블레비치가 대답했다.

"쓸데없는 소리 하지 마! 본관에게는 지금 세 명의 이발사가 붙어 있어. 그 친구들은 모두 그걸 영광으로 생각하고 있지. 그것보다 저기서 무엇을 했는지나 어서 말해!"

이반 야꼬블레비치는 새파랗게 질려 버렸다. 하지만 여기서 사건은 완전히 안개 속에 묻혀 그 후 어떻게 되었는지 전혀 알 길이 없다.

2

8등관 꼬발료프는 꽤 일찍이 눈을 뜨자마자 숨을 내쉬며 입술로 '부르르……' 소리를 냈다. 자기 자신도 왜 그러는지 설명할 수는 없었지만, 어쨌든 아침에 잠에서 깨어나면 늘 하는 버릇이었다. 꼬발료프는 기지개를 켜고, 책상 위에 놓인 손거울을 집어 들었다. 어제저녁에 콧등에 생긴 여드름이 어떻게 됐는지 보고 싶었다. 그런데 코가 있어야 할 장소가 아주 평평하지 않은가! 도저히 믿을 수가 없었다. 꼬발료프는 소스라치게 놀라 물을 가져오게 하여 세수 수건으로 눈곱을 닦았다. 다시 보아도 정말로 코가 없었다. 꿈은 아닌 것 같았다. 그곳을 만져 보기도 하고 자신을 꼬집어 보기도 했지만, 아무래도 꿈인 것 같지는 않았다. 8등관 꼬발료프는 침대에서 벌떡 일어나 몸을 흔들어 보았으나 역시 코는 없었다……! 그는 하인에게 서둘러 옷을 가져오게 하고, 옷을 몸에 걸치자마자 경찰서장한테로 달려갔다.

그런데 여기서 이 8등관 꼬발료프가 어떤 직급의 인물인지 독자들에게 알려 주기 위해 간단히 그를 소개할 필요가 있을 것 같다. '8등관'이라는 직급은 학력으로 받을 수 있는 칭호이나 대개 까프까스 지방 등지에서 이리저리 굴러먹다가 얻게 되는 종류의 직급과는 비교가 되지 않는다. 이 양자를 결코 동일하게 취급할 수 없다. 양자가 전혀 다른 인간들이기 때문이다. 학력으로 결정되는 8등관이라면 대개가…… 아니, 그것보다도 러시아라는 국가는 이상한 곳이어서 어떤 8등관에 대해 한마디만 하면 리가에서 깜차뜨까에 이르는 전국의 모든 8등관들은 '이건 틀림없이 내 이야기를 하는 것'이라고 생각해 버린다. 이 점에선 다른 관등이나 칭호를 가진 인간들도 역시 마찬가지다. 어쨌든 꼬발료프는 까프까스 출신의 8등관이었다. 그는 이 칭호를 얻은 지가 겨우 이 년밖에 되지 않아 한시도 그 칭호에 대해 잊은 적이 없었다. 자신의 위신과 품위를 한 단계 더 높이려고 8등관이라 하지 않고 언제나 소령이라 자칭하고 다녔다.

"이봐, 알겠지?"

그는 남방셔츠 장사를 하는 아낙네를 길가에서 만나면 으레 이렇게 말했다.

"이걸 우리 집으로 갖다 주게. 사도바야 거리에 가서 꼬발료프 소령 집이 어디냐고 물으면 누구나 다 가르쳐 줄 걸세."

예쁜 여자 장사꾼을 만나면 무슨 커다란 비밀이라도 되는 양 이렇게 덧붙이는 것이었다.

"꼬발료프 소령 댁이 어디냐고 물어야 해, 알겠지?"

바로 이런 이유에서 앞으로 우리도 이 8등관을 소령이라 부르기로 하자.

꼬발료프 소령은 날마다 네프스끼 거리를 산책했다. 그의 와이셔츠 깃은 언제나 하얗고 풀을 먹여 빳빳했다. 구레나룻으로 말하자면, 요즘도 현청이나 군청의 측량 기사라든가 토목 기사, 연대의 군의관 또는 각종 공무를 수행하는 관리들, 대체로 불그스름하고 뺨이 통통하고 카드놀이를 잘하는 친구들에게서 흔히 볼 수 있는 것이었다. 다시 말하자면 그런 구레나룻은 뺨 가운데를 따라 내려오다가 곧장 코 옆으로 뻗쳐 나간다. 꼬발료프 소령은 꽃무늬가 있는 호박 도장이나 월요일, 수요일, 목요일 등과 같은 글자를 새긴 나무 문장 같은 걸 가지고 다녔다. 꼬발료프 소령이 뻬쩨르부르그에 온 데에는 물론 그만한 이유가 있었다. 다름 아니라 자기 관등에 맞는 적당한 직업을 구해 보려고 올라왔다. 만일 가능하다면 부지사나 그게 안 되면 훌륭한 관청의 감찰관 자리를 노리고 있었다. 꼬발료프 소령은 결혼에 무관심하지는 않았지만, 다만 상대방이 20만 루블의 지참금을 가져오는 경우에 한해서만 가능하다고 여겼다. 이제 독자들은 그래도 제법 잘생긴 소령이, 자신의 코가 흔적도 없이 사라지고 그 자리가 보기 흉하게 평평해진 것을 본 순간 심정이 어떠했을지를 이해할 수 있을 터다.

공교롭게도 거리에는 돌아다니는 마차가 한 대도 보이지 않았다. 그는 망토로 몸을 감싸고 코피가 나오기라도 하는 것처럼 손수건으로 얼굴을 가린 채 걸어갈 수밖에 없었다.

'아마 내가 착각했는지도 몰라. 사람의 코가 그렇게 쉽게 떨어져 나갈 리가 있나.'

이런 생각을 하면서 그는 거울을 보기 위해 일부러 제과점에 들렀다. 다행히 손님은 아무도 없었다. 일하는 한 아이가 가게를 청소하며 의자를 정돈하고 있을 뿐이었다. 다른 아이는 잠이 덜 깬 얼굴로 방금 구워 낸 빵을 나르고 있었다. 식탁과 의자에는 커피가 쏟아져 얼룩진 어제 자 신문이 아무렇게나 놓여 있었다.

"마침 아무도 없어서 다행이군."

그는 중얼거렸다.

"어디 한번 자세히 봐야지."

그는 슬금슬금 거울 앞으로 다가가 얼굴을 들여다보았다.

"제기랄! 꼴이 이게 뭐야!"

그는 내뱉듯이 말했다.

"코가 없으면 뭐 다른 거라도 붙어 있어야 할 것 아니야! 이건 아무것도 없으니!"

원통하다는 듯 입술을 깨물며 그는 제과점을 나왔다. 이제부터는 누구를 만나더라도 못 본 체하고 또 누구한테도 웃어 보이지 않으리라고 마음속으로 다짐했다. 이것은 평소 그의 버릇과는 반대되는 일이었다. 갑자기 그는 어떤 집 대문 앞에 못 박힌 듯 멈춰 섰다. 상식적으로는 도저히 이해할 수 없는 기이한 광경이 눈앞에서 벌어지고 있었다. 현관 앞에 사륜마차가 멎더니 이내 문이 열리며 정복을 입은 신사가 몸을 구부리고 뛰어내려 계단을 따라 뛰어올라 갔다. 그런데 그 신사가 바로 자신의 코였던 것이다. 이때 꼬발료프의 놀람과 두려움이 어떠했는지! 이 기이한 광경을 본 순간 그는 눈에 비친 모든 것이 거꾸로 뒤집어진 듯해서 그대로 서 있을 수도 없을 것 같았다. 그는 열병 환자처럼 온몸을 떨면서도 어쨌든 자신의 코가 마차로 돌아올 때까지 기다리기로 했다. 정확히 이 분 후에 코가 돌아왔다. 코는 커다란 깃을 세우고 금실로 수놓은 정복에 양가죽 바지를 입고, 허리에는 대검을 차고 있었다. 모자의 깃털 장식으로 보아 5등관이라는 걸 알 수 있었다. 그리고 그 밖의 모든 정황으로 보아 코는 누군가를 방문하러 온 게 분명했다. 코는 좌우를 한번 둘러보고 마부에게 소리쳤다.

"마차를 이리 갖다 대!"

그러고는 마차를 타고 어디론지 떠나가 버렸다.

불쌍한 꼬발료프는 미칠 지경이었다. 그는 이처럼 괴상한 사건을 어떻게 해석해야 좋을지 도저히 알 수 없었다. 어제까지만 해도 걸어 다니지도, 무언가를 타고 다니지도 못했던 자기 얼굴에 붙어 있던 그 코가 정복을 입고 돌아다닐 수 있단 말인가! 이건 아무리 생각해도 있을 수 없는 일이었다. 그는 마차를 뒤쫓아 달려갔다. 다행히 마차는 얼마 안 가서 까잔 성당 앞에 멈춰 섰다.

그는 서둘러 성당 앞으로 달려갔다. 얼굴에 온통 붕대를 감고 우습게도 두 개의 눈구멍만 내놓은 거지 노파들이 줄지어 서 있었다. 예전에 그도 역시 그 꼴들이 우스워 비웃었었다. 그는 거지들을 헤치고 성당 안으로 들어갔다. 성당 안에는 예배 보는 사람들이 그리 많지 않았다. 그들은 모두 출입문 옆에 모여 서 있었다. 꼬발료프는 도저히 기도를 드릴 수 없을 만큼 몸 상태가 좋지 않음을 느꼈다. 그는 코 신사를 찾기 위해 여기저기를 살피기 시작했다……. 한참 만에 한쪽 구석에 서 있는 코 신사를 발견했다. 코는 커다란 옷깃 속에 얼굴을 깊숙이 파묻고 어느 정도 경건한 표정으로 기도를 드리고 있었다.

'어떻게 해야 저 친구 옆으로 갈 수 있을까?'

꼬발료프는 생각했다.

'정복 차림으로 보나 모자의 깃털 장식으로 보나 틀림없는 5등관이야. 제기랄, 어쩌면 좋담!'

그는 코 신사의 곁으로 다가가 헛기침을 몇 번 해 보았으나, 코는 경건한 자세를 조금도 바꾸지 않고 머리를 숙인 채 여전히 기도만 하고 있었다.

"저 실례합니다만……."

꼬발료프는 몸과 마음을 졸이며 입을 열었다.

"실례합니다……."

"왜 그러시오?"

코가 얼굴을 돌리며 물었다.

"좀 이상한 일이 있어서 말씀드리는 건데…… 제 생각으로는…… 귀하는 자기가 있어야 할 자리를 알고 계실 텐데요? 그런데 이런 성당 안에서 귀하를 뵙게 되다니 참으로 이상하군요…… 그렇지 않습니까?"

"미안합니다만 저는 무슨 말을 하고 계신지 통 이해할 수가 없군요. 좀 더 분명히 말해 주시죠."

'어떻게 말하면 알아들을까?'

꼬발료프는 잠시 생각한 후 용기를 내어 입을 열었다.

"물론 저는…… 이렇게 말하는 저는 소령이올시다. 소령인 제가 코를 떼어 놓고 다닌다는 건 창피한 일이 아닙니까? 보스끄레센스끼 다리 위에서 껍질 벗긴 오렌지를 파는 여자 장사꾼이라면 코 없이 앉아 있어도 무방하겠지요. 그러나 조만간 틀림없이 현의 지사 자리에 앉게 될 인물이 이래서야 어디 말이 됩니까…… 생각해 보시면 아실 겁니다…… 저는 도대체 당신이…… (이렇게 말하며 꼬발료프는 두 어깨를 움츠렸다.) 아니, 말을 좀 실수한 것 같습니다만…… 만일 이 사건을 의무와 명예에 관한 법률에 적용해 본다면…… 제가 말하지 않아도 귀하가 더 잘 알고 계실 줄 믿습니다……."

"솔직히 무슨 말씀인지 하나도 모르겠소."

코는 대답했다.

"좀 더 이해가 닿을 수 있게 설명해 주실 수 없겠소?"

"그렇다면 말씀드리겠습니다만……."

꼬발료프는 위엄을 보이려고 애쓰며 말했다.

"오히려 제가 귀하의 말을 어떻게 해석해야 할지 모르겠습니다…… 모든 것이 지극히 명백한 것 같은데요…… 굳이 제 입으로 직접 말씀드려야 할까요? ……귀하는 바로 제 코가 아닙니까?"

코는 약간 미간을 찌푸리며 소령을 바라보았다.

"당신은 실수하고 있소. 나는 어디까지나 나 자신이오. 더욱이 나와 당신 사이엔 어떤 밀접한 관계도 있을 수 없잖소? 당신의 제복에 달린 단추를 봐도 나와는 다른 관청에 속해 있으니까요. 나는 문관이지만 당신은 원로원이나 법무성에 근무하는 것 같군요."

코는 얼굴을 돌려 다시 기도를 암송하기 시작했다.

꼬발료프는 너무나 당황하여 어떻게 해야 할지, 무엇을 생각해야 좋을지 도무지 알 수가 없었다. 바로 이때 옷자락 스치는 소리가 가볍게 들리더니, 아래위를 온통 레이스로 장식한 중년 부인과 날씬한 허리에 예쁘장한 꽃무늬가 그려진 새하얀 옷을 입고 만두처럼 부풀어 오른 모자를 쓴 가느다란 몸매의 부인이 들어왔다. 그 뒤로 널찍한 구레나룻에 키 큰 신사가 따라 들어와서 말을 멈추고 담뱃갑을 열었다.

꼬발료프는 부인에게 가까이 다가가서 남방셔츠의 깃을 보기 좋게 약간 위로 잡아당기고, 금줄이 늘어진 복장을 바로 잡은 후, 미소 띤 얼굴로 좌우를 둘러보고는 날씬한 부인 쪽으로 시선을 돌렸다. 그녀는 봄꽃처럼 가볍게 고개를 숙여 보이고, 하얗다 못해 거의 투명하게 보이는 고운 손을 이마로 가져갔다.

꼬발료프의 얼굴에 떠오른 미소는 그녀의 둥그스름하고 백설같이 흰 턱과 이른 봄에 피어난 듯한 장밋빛 뺨의 일부가 모자 밑으로 드러날 때 더욱 환하게 퍼져 갔다. 그러나 그 순간 그는 불에 덴 사람처럼 흠칫 물러섰다. 코가 붙어 있을 자리에 아무것도 없다는 걸 기억했기 때문이다. 그의 눈에선 눈물이 아른거렸다. 그는 정복을 입은 신사에게 너는 가짜 5등관으로 사기꾼에 악한일뿐더러 내 코에 불과해, 라고 노골적으로 들이대야겠다고 결심하고 옆을 돌아보았다. 그러나 코는 이미 그 자리에 없었다. 아마도 누구를 다시 방문하려고 마차를 타고 가 버린 모양이었다.

꼬발료프는 절망에 빠지고 말았다. 그는 발길을 돌려 둥근 기둥이 늘어선 바깥 복도로 나와 잠시 걸음을 멈추고 혹시 어디 코가 보이지 않나 사방을 열심히 둘러보았다. 코가 깃털 달린 모자에 금실로 장식된 정복을 입고 있다는 건 똑똑히 기억하고 있었지만, 어떤 외투를 입고 있었는지, 마차나 말이 어떤 빛깔이었는지, 하인을 거느리고 있었는지, 또 있다면 하인에게 어떤 제복을 입혔었는지는 전혀 기억이 나질 않았다. 더욱이 거리에는 상당히 많은 마차가 왕래하고 있었을 뿐만 아니라 모두가 굉장히 빠른 속도로 달리고 있어서, 그것을 일일이 눈여겨 바라볼 수는 없는 노릇이었다. 설사 그가 비슷한 마차를 발견했다 하더라도 그것을 멈춰 세울 수 있는 방법은 없었다. 활짝 갠 화창한 날씨여서 그런지 네프스끼 거리에는 그야말로 많은 사람들이 운집해 있었고, 뽈리쩨이스끼에서 아니치낀 다리에 이르는 인도에는 어느 곳이나 꽃이 폭포를 이룬 듯 잘 차려입은 여자들이 떼 지어 오가고 있었다. 저쪽을 보니 그가 잘 아는 7등관이 걸어가고 있었다. 꼬발료프는 그 친구를 중령이라 불렀는데, 특히 사람들 앞에서 그렇게 불렀다. 꼬발료프는 귀족원 과장으로 일하는 절친한 친구 야르츠

29

겐도 보았다. 여덟 명이 하는 카드놀이에서 늘 잃기만 하는 사내였다. 그리고 까프까스 출신 8등관 소령의 모습이 보였는데, 그는 손을 흔들어 오라는 신호를 하기까지 했다.

"제기랄, 어딜 갈 수가 있나!"

꼬발료프는 투덜거렸다.

"어이, 마부! 경찰서장한테 곧장 가세."

꼬발료프는 마차에 올라타기가 무섭게 마부에게 고함을 쳤다.

"전속력으로 달려, 전속력으로!"

"경찰서장님은 안에 계신가?"

현관에 들어서자 그는 큰 소리로 물었다.

"안 계십니다."

수위가 대답했다.

"방금 나가셨습니다."

"허 참, 일이 꼬이네!"

"그렇게 됐습니다."

수위가 말을 받았다.

"조금 전에 나가셨습니다. 일 분만 일찍 오셨어도 만나 보셨을 겁니다……."

꼬발료프는 손수건으로 얼굴을 가린 채 다시 마차에 올라타고 절망적인 어조로 외쳤다.

"자, 가자!"

"어디로 가십니까요?"

마부가 물었다.

"곧장 가!"

"곧장이라뇨? 보시다시피 여긴 삼거립니다. 오른쪽으로

갈까요, 왼쪽으로 갈까요?"

이 질문에 꼬발료프는 마음을 진정시키며 다시 곰곰이 생각하지 않을 수 없었다. 그의 입장에서는 우선 경찰서에 사건을 신고하는 게 원칙이었다. 그것은 이 사건이 경찰과 직접적인 관련이 있어서라기보다는 경찰의 수배가 다른 기관의 도움보다는 훨씬 신속하기 때문이다. 코가 근무하고 있다는 관청의 우두머리에게 호소하여 목적을 이루려는 방법은 무모하기 짝이 없는 것이다. 왜냐하면 코가 자기 입으로 직접 한 말을 들어 보아도 명백하게 드러나는 것처럼 그런 친구한텐 털끝만 한 양심도 없으며 따라서 꼬발료프와는 전혀 모르는 사이라고 딱 잡아뗄 것이 뻔하기 때문이다. 그래서 꼬발료프는 경찰서로 가자고 마부에게 말하려다가 문득 새로운 생각이 떠올랐다. 아까 처음 만났을 때에도 그처럼 뻔뻔하게 거짓말을 한 날강도 같은 사기꾼이니까 적당한 기회를 틈타 뻬쩨르부르그를 빠져나가 어디론가 사라져 버릴지도 모른다. 그렇게 된다면 아무리 수사해 봐야 헛수고가 될 것이고, 헛수고가 아니라 해도 적어도 한 달은 걸려야 해결될 터다. 그렇다면 이일을 어찌해야 좋단 말인가! 마침내 꼬발료프는 하늘의 계시를 받은 것처럼 한 가지 묘안을 생각해 냈다. 그는 곧장 신문사로 달려가 이 사건의 진상을 상세히 적어 한시바삐 광고를 내기로 했다. 그렇게 하면 누구든지 코를 발견하는 즉시 붙잡아서 꼬발료프에게 연행해 오거나, 그렇지 않으면 적어도 코의 거처를 알려 줄 것이다. 이렇게 결심하자 그는 마부에게 신문사로 가자고 명령했다. 쉴 새 없이 주먹으로 마부의 등을 치며 윽박질렀다.

"빨리 몰아, 이 사람아! 좀 더 빨리 몰지 못하겠나, 빌어먹을 녀석아!"

"허 참! 나리도!"

마부는 고개를 가로저으며 늑대처럼 긴 털을 휘날리는 말의 등짝을 채찍으로 후려갈겼다. 얼마 후에 마차가 멎었고, 꼬발료프는 숨을 헐떡이며 좁은 접수 창구로 달려 들어갔다. 방안에는 낡은 양복 차림에 머리가 허연 관리가 책상에 앉아 펜대를 입에 문 채 광고료로 받은 동전을 세고 있었다.

"광고 접수는 누가 합니까?"

꼬발료프는 큰 소리로 물었다.

"아, 안녕하십니까?"

"예, 어서 오십시오."

관리는 이렇게 대답하며 눈을 들어 힐끔 쳐다보고는 다시 동전 더미로 시선을 옮겼다.

"광고를 냈으면 하는데요……."

"잠깐만 기다려 주십시오."

관리는 오른손으로 종이 위에 적힌 숫자를 짚어가며 왼손 손가락으로 주판알 두 개를 튕겼다.

금실로 장식한 제복을 말쑥하게 차려입은 것으로 보아 어느 귀족 집 하인인 듯한 사내가 두 손으로 광고문을 적은 종이를 들고 책상머리에 서서 부드러운 말투로 애교를 떨며 지껄이고 있었다.

"아시겠어요, 나리? 80꼬뻬이까[12]도 안 되는 강아지 새끼를 말입니다, 저 같으면 단돈 한 푼에 가지라고 해도 마다하겠

---

12 꼬뻬이까(Kopejka)는 러시아의 화폐 단위로 동화를 말한다. 1루블은 100꼬뻬이까다.

지만 백작 부인께서는 그놈을 여간 귀여워하시는 게 아닙니다. 그 강아지 새끼를 찾아 주는 사람에게는 100루블을 주겠다는 겁니다! 나리와 저를 놓고 봐도 역시 그렇지만 사람들의 취미란 정말 가지각색이더군요. 사냥꾼은 한번 개에 미치기 시작하면, 사냥개나 애완견을 구하는 데 500루블이건 1000루블이건 조금도 아까워하지 않습니다. 어떻게 해서든지 좋은 개를 구하려고 야단이거든요."

존경할 만한 관리는 정색을 하고 그의 얘기를 듣고 있었지만 한편으로는 접수한 광고 문안의 글자 수를 계산하기에 바빴다. 주위에는 노인들과 상점의 점원들 그리고 집사들이 제각기 광고문을 들고 옹기종기 서 있었다. 어떤 광고문에는 술을 마시지 않는 마부를 구한다고 씌어 있었고, 다른 광고문에는 1814년에 파리에서 수입하여 아직 새것이나 다름없는 마차를 팔겠다는 내용도 있었다. 세탁 일 경험이 있고 다른 일도 할 수 있는 열아홉 살의 농촌 처녀가 파출부 자리를 구함, 스프링 한 개가 부족한 튼튼한 마차, 생후 17년 된 회색 반점이 있는 건강한 승마용 말, 런던에서 새로 들여온 무씨와 배추씨, 모든 시설이 완비된 별장, 훌륭한 자작나무 숲이나 전나무 숲을 만들 수 있는 공터가 딸린 마구간 두 채, 낡은 구두 밑창을 구함, 매일 8시부터 3시까지 연락 주시면 찾아가겠음……이런 것도 있었다. 좁은 접수실에 이렇게 많은 사람들이 들어와 있으므로 실내의 공기는 말할 수 없이 혼탁했으나 8등관 꼬발료프는 그 냄새를 맡을 수조차 없었다. 손수건으로 얼굴을 가리고 있었기 때문이기도 하지만, 있어야 할 코가 어디론가 행방을 감춰 버렸기 때문이었다.

"이보시오, 부탁이 있어 왔는데…… 좀 긴급을 요하는 광

33

고니까요…….."

그는 끝내 더 참지 못하고 입을 열었다.

"예, 예, 잠깐만요…… 2루블 43꼬뻬이까입니다! ……잠깐만 기다리세요…… 1루블 64꼬뻬이까입니다!"

백발의 관리는 노파와 집사 앞에 글자 수를 계산한 광고문을 내밀며 말했다. 그다음에야 꼬발료프를 보고 물었다.

"무슨 일로 오셨죠?"

"다름 아니라 나는……."

꼬발료프가 대답했다.

"사기랄까? 속임수랄까? 그런 사건에 걸려들었는데……지금 이 순간까지도 어찌 된 영문인지 전혀 알 수가 없단 말입니다. 그래서 그 사기꾼을 잡아 오는 사람에게 충분한 보상을 하겠다는 광고를 냈으면 해서 왔습니다."

"성함이 어떻게 되십니까?"

"아니, 이름이 왜 필요하죠? 이름을 밝힐 수는 없습니다. 나를 아는 사람이 대단히 많습니다. 5등관 부인 체흐따료바라든가, 대령 부인 빨라게야 그리고리예브나 뽀드또치나[13]라든가……. 갑자기 그런 부인들이 알기라도 한다면…… 큰일이죠! 그저 8등관으로, 아니면 그것보다 소령급 관료라는 것만 적어 두는 게 더 낫겠습니다."

"그럼 달아난 놈은 댁의 하인입니까?"

"하인이냐구요? 하인은 그런 큰 사기를 치지 못하죠. 도망친 건 바로…… 내 코라는 말입니다……."

---

13 뽀드또치나(Podtochina)라는 이름은 러시아어 'podtochit'(갉아먹다.)에서 유래한다.

"흥, 거참 이상한 성도 다 있네요! 그래, 그 코라는 자가 거액의 돈을 훔쳤다는 말씀인가요?"

"코라는 건 즉…… 그렇게 멋대로 추측하면 곤란합니다! 그 코라는 건 내 코로, 그놈이 없어졌단 말입니다. 살다 보니 참 별꼴을 다 당합니다."

"어떻게 행방불명되었습니까? 무슨 말씀인지 잘 알아듣지 못하겠는데요."

"어떻게 그런 일이 생겼는지 나도 설명할 수가 없어요. 그러나 그 코가 지금 마차를 타고 시내를 돌아다니며 5등관 행세를 하고 있는 것만은 사실입니다. 그래서 나는 한시바삐 그놈을 붙잡아서 끌고 와 달라는 광고를 내겠다는 겁니다. 코는 사람의 얼굴에서 눈에 가장 잘 띄는 부위가 아닙니까? 그 코를 잃어버린 내 심정이 어떤지 한번 상상해 보십시오! 새끼발가락 하나가 없어졌다면야 별문제도 아니죠. 신발을 신으면 아무도 알아채지 못하니까요. 나는 매주 목요일마다 5등관 부인 체흐따료바를 방문하고, 대령 부인 빨라게야 그리고리예브나 뽀드또치나와 아주 예쁘게 생긴 그 부인의 따님이라든가 그 밖에도 친하게 지내는 부인들이 아주 많습니다. 한번 입장을 바꿔 생각해 보십시오, 지금 내 심정이 어떻겠는지……. 나는 이제 부인들 앞엔 나설 수조차 없게 됐습니다!"

관리는 입술을 굳게 다물고 무언가 골똘히 생각하는 눈치였다.

"안 되겠는데요. 그런 광고를 신문에 낼 수는 없습니다."

한참 동안 잠자코 있다가 마침내 그는 이렇게 말했다.

"뭐라고요? 왜 낼 수 없단 말입니까?"

"왜고 뭐고 없습니다. 신문의 명예가 떨어질 테니까요. 코가 달아났다는 소릴 신문에 써 보십시오. 당장 세상 사람들은 그 신문은 말도 안 되는 거짓 기사로 가득 차 있다느니 뭐니 할 겁니다."

"하지만 어째서 이 사건이 말도 안 된단 말입니까? 제가 보기엔 그런 점은 조금도 없는데요……."

"그건 선생님 생각이지요. 마침 지난주에도 이런 일이 있었습니다. 어떤 관리 한 분이 선생님처럼 여길 찾아와서 광고문을 내놓더군요. 계산해 보았더니 2루블 75꼬뻬이까였지요. 그 광고는 검은색 애완용 발바리가 달아났다는 것뿐이었습니다. 아무래도 좀 수상하다 생각했지요. 아니나 다를까 그것은 누구를 욕하는 글이었습니다. 정확히 기억나지 않지만, 발바리라는 건 어떤 학교인가 기관인가의 회계사를 가리키는 말이었거든요."

"그렇지만 저는 발바리 광고를 내 달라는 게 아니잖아요. 제 코에 대한 거니까, 말하자면 이건 저 자신에 대한 광고나 마찬가지 아닙니까?"

"아, 안 되겠습니다. 아무래도 그 광고는 낼 수 없습니다."

"하지만 제 코는 정말로 사라져 버렸으니 어쩌면 좋습니까?"

"만일 코가 정말 떨어져 나갔다면, 그건 병원에 가셔야죠. 요즘엔 요구에 따라 얼마든지 멋진 코를 달아 주는 의사가 있다더군요. 그러나 내가 보기엔 선생님은 명랑한 성격이어서 세상 사람들을 좀 놀려 주고 싶으신 것 같구요."

"천만의 말씀! 저는 진정으로 말하는 겁니다. 이야기가 이렇게 된 이상 할 수 없군요. 당신한테 직접 보여 드리지요."

"뭐 그러실 필요 없습니다!"

관리는 코담배를 들이마시고 나서 말을 이었다.

"하지만 괜찮으시다면……."

관리는 호기심에 사로잡혀 덧붙였다.

"한번 보여 주시죠."

8등관은 얼굴에서 손수건을 걷어 냈다.

"세상에, 정말 기이하군요!"

관리는 말했다.

"코가 있어야 할 자리가 방금 구워 낸 블린[14]처럼 매끄럽군요. 믿을 수 없을 정도로, 어떻게 이다지도 매끄러울 수가 있을까!"

"이젠 선생님도 할 말이 없을 겁니다. 그러니까 광고는 꼭 내 줘야겠어요. 이런 기회로 선생님과 사귀게 된 것을 기쁘게 생각합니다. 아니, 감사하게 생각한다는 편이 옳을 겁니다."

말이 이렇게 나오는 걸 보니 소령도 이제 약간 아첨하는 태도를 취하기로 한 것 같았다.

관리가 대답했다.

"신문에 내는 건 물론 어려운 일이 아니지만, 내 생각 같아선 광고를 내 봐야 당신한테 이로울 건 하나도 없을 것 같습니다. 군이 내고 싶으시다면 예술적 필력이 있는 사람을 찾아가서 이 희한한 사건을 주제로 해서 작품을 써 달라고 하십시오. 그것을 《북방의 꿀벌》 같은 잡지에라도 실으면 (여기서 그는 다시 한 번 코담배를 들이마셨다.) 젊은 사람들에게도 교훈이 될 테고, (이번엔 코를 문질렀다.) 독자들의 흥미도 끌 수 있을 것 같은데요."

---

14 러시아어 '블린(blin)'은 일종의 팬케이크다.

8등관은 완전히 실망하고 말았다. 그는 극장 광고가 실린 신문의 하단을 바라보았다. 예쁜 여배우의 이름을 보자 그의 얼굴엔 금방 미소가 떠올랐다. 그리고 푸른색 지폐가 들어 있는지 어떤지를 확인하려고 한 손으로 호주머니 속을 더듬거렸다. 꼬발료프의 견해에 따르면 소령급은 적어도 특별석에 자리를 잡아야 했기 때문이다. 그러나 코가 없다고 생각하니 기가 죽어 버리고 말았다.

관리 역시 꼬발료프의 곤란한 처지에 공감하는 모양이었다. 그래서 다소나마 그의 슬픔을 위로하는 뜻에서 몇 마디 말로라도 동정해 주는 것이 예의라고 생각했다.

"어처구니없는 일을 당한 선생님께 저로서는 무엇이라고 위안의 말씀을 드려야 할지 모르겠습니다. 어떻습니까, 코담배라도 한 대 하시겠습니까? 골치가 아플 때나 우울할 때 효과가 좋을뿐더러 치질에도 좋습니다."

이렇게 말하고 관리는 꼬발료프에게 담뱃갑을 내밀며 모자를 쓴 여인의 초상이 그려져 있는 뚜껑을 재치 있게 밑으로 젖혔다.

아무런 생각 없이 입 밖에 낸 이 말과 행동이 그만 꼬발료프를 화나게 하고 말았다.

"농담도 분수가 있지 않소!"

그는 버럭 화를 내며 말했다.

"난 냄새를 맡을 수 있는 부위가 없어졌단 말이오! 선생께선 눈에 보이지 않소? 담배 같은 거 이제 보기만 해도 진전 머리가 날 지경이오. 그따위 싸구려 베레진[15] 담배는 고사하

---

15   베레진은 담배의 이름이다. 러시아어 'beresina'는 원래 자작나무를 의미한다.

고 프랑스제 라뻬[16] 담배를 권한다 해도 나한텐 소용없단 말이오."

이렇게 말을 내뱉고 난 그는 화가 머리끝까지 나서 신문사를 뛰쳐나왔다. 그는 지구 경찰서장한테로 갔다. 서장 집에는 현관이나 주방에 상인이 우정의 표시로 가져온 설탕이 가득히 쌓여 있었다. 꼬발료프가 서장 집으로 향하던 그 시각에 하녀는 경찰서장이 공적으로 받은 장화를 이미 잔뜩 쌓인 장화 더미 위에 올려놓고 있었다. 그의 집에는 장검을 비롯한 모든 군사용 장신구가 구석구석 조용히 걸려 있었으며, 보기만 해도 무서운 세모꼴의 군대 모자는 이미 세 살짜리 아들의 장난감이 되어 버렸다. 그는 충돌과 욕설이 난무하는 일상을 뒤로하고 이제 평온한 만족감에 젖을 준비를 하고 있었던 것이다.

꼬발료프가 찾아간 때는 마침 경찰서장이 기지개를 켜고 헛기침을 하면서 이상한 소리를 내고 있을 무렵이었다. "에라, 한 두어 시간 잠이나 푹 자 보자!" 그러니까 8등관이 찾아들어간 순간은 아주 좋지 않은 때라고 할 수 있다. 그리고 8등관이 설사 몇 킬로그램의 차라든가 옷감을 선물로 가져갔다 하더라도 서장은 기꺼운 마음으로 그를 맞이하지 않았을 것이다. 이 경찰서장은 온갖 종류의 예술품과 공예품에 유독 관심을 보이는 광적인 애호가였다. 그러나 무엇보다도 소중히 여기는 것은 지폐였다. "이게 최고지." 그는 언제나 이렇게 말하는 것이었다. "세상에 이것보다 더 좋은 물건은 없지. 먹을 걸 달라고 하나, 장소를 넓게 차지하나, 언제나 주머니 속에

16 라뻬(Rp)는 프랑스제 코담배의 이름이다.

들어앉아 있고 어쩌다 떨어뜨려도 깨지거나 부서지는 법이 없거든."

경찰서장은 꼬발료프를 매우 무뚝뚝하게 맞았다. 그리고 점심 식사 후는 사건을 심리하기에 적당한 시간이 아니라느니, 사람은 선천적으로 식후엔 잠깐 휴식하게 되어 있는 동물이라느니(이 말을 듣고 꼬발료프는 이 경찰서장이 선현들의 격언을 상당히 많이 알고 있는 사람이구나, 하고 생각했다.), 똑똑한 사람이라면 코를 떼이는 일은 결코 없을 거라며 되지못한 소릴 늘어놓았다. 요즘 세상에는 제대로 자기 자리도 지킬 줄 모르면서 여기저기 무례한 장소를 찾아다니는 소령이 많다는 이야기도 했다.

그런 소리는, 말하자면 직접 눈망울에다 대고 주먹질을 하는 것과 다를 바가 없었다. 여기서 한마디 해 둘 것은 꼬발료프가 불같은 성질의 인간이었다는 점이다. 그는 단순히 자기 자신에 관한 것뿐이라면 얼마든지 이해할 수 있었지만, 일단 관등이나 계급에 관계되는 문제면 절대로 간과하지를 못했다. 그는 연극 같은 경우에도 위관 장교에 관한 풍자라면 무엇이든 묵과할 수 있지만 영관급에 속하는 관료를 조소하는 일은 절대로 용서해서는 안 된다는 소견을 가지고 있었다. 경찰서장의 그 같은 환대에 꼬발료프는 머리를 흔들며 고개를 가로저으며 팔을 약간 벌리고 위엄 있게 말했다.

"솔직히 말해서 서장님의 그런 모욕적인 말을 듣고는 제가 더 이상 아무 말도 할 수 없군요……"

그는 그렇게 말하고 그냥 나와 버렸다.

그는 자기 발소리조차 듣는 둥 마는 둥 집으로 돌아왔다.

이미 저녁 무렵이었다. 이렇게 모든 노력이 수포로 돌아가고 나니 자기 집이 어쩐지 을씨년스럽고 초라해 보였다. 현관에 들어서니 낡은 가죽 소파 위에 하인 놈이 팔자 좋게 드러누워 천장에다 침을 뱉고 있었다. 그 침은 용케도 한 자리에 가서 명중하는 것이었다. 너무나 무사태평하게 놀고 있는 놈을 보자 불끈 화가 치밀어 올랐다. 그는 모자로 하인의 이마를 내려치며 호통을 쳤다.

"이 돼지 같은 놈아, 그 무슨 쓸데없는 짓이냐!"

이반은 벌떡 일어나 재빨리 그의 등 뒤로 돌아가 외투를 받았다.

소령은 자기 방에 들어가자 온몸이 나른하고 마음이 서글퍼져 맥없이 안락의자에 몸을 던지고는 두세 번 땅이 꺼지게 한숨을 내쉬고 나서 이윽고 입을 열었다.

"아! 세상에! 아아! 이렇게 기막힐 데가 어디 있을까! 차라리 팔이 하나 없든지, 다리가 하나 없다면 아마 이보다는 더 나을 텐데. 귀가 다 없어져도, 흉하긴 하겠지만 그래도 참을 수는 있겠지. 그러나 코가 없어서야 도대체 뭐냐는 말이야…… 부엉이라고 봐 주자고 해도 부엉이도 아니고, 사람으로 보자 해도 사람도 아니니…… 아무짝에도 쓸 수가 없다고! 전쟁이나 결투에서 코가 떨어져 나갔든가, 아니면 내 자신의 실수로 그렇게 됐다면 또 모르겠어. 무엇 때문에 이렇게 됐는지 이유도 모르겠으니 말이야! 돈 한 푼 못 받고 공짜로 잃어버렸으니, 내 참 어처구니가 없어서…… 아니야, 아무리 생각해도 있을 수 없는 일이야!"

그는 잠시 생각하다가 다시 계속했다.

"코가 없어지다니 이건 있을 수 없는 일이야. 아무리 생각해도 이상해. 이건 필시 내가 꿈을 꾸고 있는 게 아니면 환상일 거야. 아니면 면도를 하고 나서 보드카를 물인 줄 알고 잘 못 마셔 버렸는지도 몰라. 바보 같은 이반 녀석이 술인 줄 모르고 내준 것을 나도 멋모르고 들이마셨는지도 모르지."

소령은 자기가 취했는지 아닌지를 실제로 확인해 보려고 자기 몸을 힘껏 꼬집고는 비명을 질렀다. 아픈 것으로 보아 자기가 현실에서 살아 움직이고 있음이 명백했다. 그는 조심조심 거울 쪽으로 다가갔다. 그래도 처음엔 혹시 코가 제자리에 돌아왔을지도 모른다는 생각에 눈을 가늘게 뜨고 거울 속을 들여다보았다. 다음 순간 흠칫 뒤로 물러나며 중얼거렸다.

"이거 정말 꼴불견이군."

사실 이 일은 도저히 이해할 수 없는 사건이었다. 단추라든가, 은수저나 시계가 없어졌더라도 거기엔 반드시 그렇게 된 이유가 있을 터다. 더구나 이것은 자기 집에서 일어난 사건이 아닌가……. 꼬발료프 소령은 여러 가지 상황을 종합적으로 판단해 본 결과, 이 사건의 원인은 다름 아닌 대령 부인 뽀드또치나와 가장 밀접하게 연관되어 있으리라는 결론에 도달했다. 부인은 소령이 자기 딸과 결혼해 주기를 바랐다. 꼬발료프 역시 그 딸을 쫓아 다니며 좋아했지만 결정적인 언질만은 회피하고 있었다. 그러다가 대령 부인이 자기 딸과 결혼해 달라고 직접적으로 말하자, 그는 자신이 아직 젊으니까 앞으로 한 오 년쯤 관리 생활을 더 한 다음이면 자기도 꼭 마흔두 살이 될 테니까 그때가 좋을 것 같다고 적당히 둘러댔다. 그래서 여기에 복수를 하려고 대령 부인이 마귀할멈에게 사주해서 그의 얼굴을 못쓰게 망친 게 분명했다. 그렇지 않고서야 성한 코가 잘려 나갈 수는 없는 일이었다! 그날 저녁 그의 방에 들어왔던 사람은 아무도 없었다. 이반 야꼬블레비치가 와서 면도를 한 것은 수요일이었는데, 수요일은 물론 다음 날 목요일에도 하루 종일 코는 제자리에 있었다. 그는 이것을 똑똑히 기억하고 있을뿐더러 확실히 알고 있었다. 게다가 코가 잘려 나가려면 어쨌든 아팠어야 할 게 아닌가? 코가 잘려 나간 자리만 해도 이렇게 빨리 블린처럼 반질반질하게 아물리가 만무했다. 그는 정식으로 법적 절차를 밟아 대령 부인을 법정에 세울지, 아니면 그녀를 찾아가 직접 담판 지을지 머릿속으로 궁리해 보았다. 그의 생각은 방문 틈새로 들어오는 불빛 때문에 갑자기 중단되고 말았다. 이반이 문간방에서 촛불을 켠 모양이었다. 잠시 후 이반이 촛불을 받쳐 들고 방 안을 환히 밝히며 들어왔다. 꼬발료프는 어제까지 코가 붙어 있던 자리를 얼른 손수건으로 가렸다. 멍청한 하인 놈이 주인의 이상야릇한 얼굴을 발견하고 멍청히 바라보는 일은 피하고 싶었기 때문이다.

이반이 자기의 구석방으로 물러가자마자, 이번엔 현관에서 낯선 사람의 목소리가 들려왔다.

"여기가 8등관 꼬발료프 씨 댁입니까?"

"들어오시오. 꼬발료프 소령 여기 있소."

꼬발료프는 벌떡 일어나서 방문을 열었다.

방에 들어온 사람은 알맞게 살찐 볼에 거무스름한 구레나룻을 기른 풍채 좋은 경찰관이었다. 그는 이 소설의 첫머리에서 이사끼예프 다리 끝에 서 있던 바로 그 경찰이었다.

"혹시 코를 잃어버리지 않았습니까?"

"네, 그렇습니다."

"그걸 찾았습니다."

"저, 정말입니까?"

꼬발료프 소령은 저도 모르게 소리를 질렀다. 어찌나 반갑던지 혀끝이 말을 듣지 않을 지경이었다. 그는 눈을 크게 뜨고 자기 앞에 서 있는 경찰관의, 촛불을 받아 번쩍이는 두툼한 입술과 양볼을 바라보았다.

"어, 어떻게 찾았습니까?"

"정말 우연하게 여행을 막 떠나려는 놈을 체포했습니다. 역마차를 타고 라뜨비아의 리가로 도망치려던 찰나였지요. 여권도 어느 관리의 이름으로 오래전에 발급받았더군요. 경찰관인 나 자신도 처음엔 의젓한 신사로 알았어요. 다행히도 마침 안경을 쓰고 있었기 때문에 그게 코라는 걸 금방 알아챘지요. 원래 나는 근시라서 소령님이 이렇게 눈앞에 서 있어도 얼굴은 어렴풋이 알아볼 수 있으나 코나 수염 같은 건 거의 알아볼 수 없습니다. 우리 장모, 그러니까 마누라의 어머니도 역시 거의 아무것도 보지 못하지요."

꼬발료프는 제정신이 아니었다.

"그래, 지금 어디에 있습니까? 어디 있는지 내가 당장 달려가겠소.!"

"걱정하지 마십시오. 소령님에게 꼭 필요할 것 같아 제가 가지고 왔습니다. 그런데 일이 참 묘하게 됐습니다. 이 사건의 공범은 보즈네센스끼 거리의 이발사 놈인데 지금은 유치장에 들어가 있어요. 나는 평소부터 그자가 술주정뱅이로 도둑질이라도 능히 할 만한 놈이라고 의심하고 있었습니다. 그런데 그저께 그자가 상점에서 단추 상자를 슬쩍했습니다. 어쨌든 소령님의 코는 무사합니다."

이렇게 말하며 경찰은 주머니에 손을 넣어 종이에 싼 코를 꺼냈다.

"예, 바로 이거요!"

꼬발료프는 소리쳤다.

"틀림없소. 그럼 차라도 한 잔 하시지요."

"감사합니다만, 그럴 수가 없습니다. 이제부터 형무소에
가 봐야 할 일이 있어요. 그런데 요새 물건값이 굉장히 오르
더군요. 우리 집엔 장모, 그러니까 내 마누라의 어머니가 와서
함께 살고, 어린애들도 우글거려서 말입니다. 큰놈은 정말 똑
똑하고 영특해서 장래가 촉망되지만 교육비를 댈 수가 있어
야죠."

꼬발료프는 경찰의 의도를 정확히 파악했다. 그는 책상
위에 있는 10루블짜리 지폐를 집어서 발을 질질 끌고 문밖으
로 나가며 인사를 하는 경찰의 손에 쥐어 주었다. 그리고 잠시
후 꼬발료프는 큰길로 짐마차를 끌고 나온 바보 같은 놈을 욕
하는 그 경찰의 목소리를 들을 수 있었다.

경찰이 돌아간 후에도 꼬발료프는 얼마 동안 형용할 수
없는 기분에 싸여 멍청히 앉아 있었다. 몇 분이 지난 후에야
차츰 사물을 볼 수 있고 느낄 수 있게 되었다. 이처럼 그가 무
의식 상태에 빠졌던 것은 전혀 뜻밖에 찾아든 기쁨 때문이었
다. 그는 다시 찾은 코를 양손에 올려놓고 다시 한 번 조심스
럽게 들여다보았다.

"음, 틀림없어, 내 코야. 내 코가 틀림없어."

꼬발료프 소령은 되풀이했다.

"옳지, 여기 왼쪽에 어제 생긴 여드름도 있군."

소령은 너무 반갑고 기뻐서 금방 웃음이 터져 나올 지경

이었다.

하지만 이 세상에선 무엇이든 오래가지 못하는 법이다. 기쁨 역시 다음 순간에는 그리 대수롭지 않고 또 그다음엔 더욱 시들해져서 마침내 예사로운 마음으로 되돌아간다. 그것은 마치 작은 돌이 물에 떨어졌을 때 생기는 파문이 결국 다시 평평한 수면으로 되돌아가는 것과도 같다. 꼬발료프는 생각에 잠겨 들어갔고 아직은 사건이 끝나지 않았다는 것을 깨달았다. 코는 분명히 찾았지만, 그것을 다시 제자리에 붙여야 하는 문제가 남았던 것이다.

"만일 붙지 않으면 어떻게 하지?"

이렇게 자문한 소령의 얼굴은 그만 창백해졌다.

형언할 수 없는 두려움으로 그는 책상으로 달려가 거울을 꺼내 놓고 어떻게 해서든지 코를·비뚤어지지 않게 붙여야겠다고 생각했다. 손이 부들부들 떨렸다. 그는 조심조심 코를 제자리에 올려놓았다. 그러나 이를 어쩌나! 코는 붙지 않았다……! 그는 코를 입에 대고 따뜻하게 입김을 쏘여 다시 두 볼 사이의 평지에다 올려놓았다. 그러나 코는 아무리 해도 그대로 붙지 않았다.

"자! 자! 가만히 좀 붙어 있어! 이 바보야!"

그는 코를 타일러 보았다. 그러나 코는 들은 체 만 체 병마개 같은 야릇한 소리를 내며 책상 위로 떨어질 뿐이었다. 소령의 얼굴은 경련을 일으키며 일그러졌다.

"정말로 안 붙겠다는 건가?"

그는 어이가 없다는 듯 말했다. 다시 몇 번을 되풀이해서 제자리에 붙여 보았으나 역시 헛수고였다.

그는 이반을 불러 의사를 모셔 오라고 했다. 의사는 같은 건물 2층의 훌륭한 방을 차지하고 있었다. 풍채가 좋고 윤기가 흐르는 멋진 수염과 젊고 건강한 아내를 가진 의사였다. 그는 매일 아침 일찍이 신선한 사과를 먹고 거의 사십오 분 동안 양치질을 하는데, 다섯 가지 칫솔로 이를 닦아 입안을 항상 깨끗이 유지했다. 의사가 곧 나타났다. 이런 불행이 일어난 지 얼마나 오래되었는지를 묻고 나서, 의사는 꼬발료프의 턱을 손으로 받쳐 올리더니 코가 붙었던 장소를 손가락으로 탁 튕겨 보았다. 소령은 움찔하며 머리를 뒤로 홱 젖히는 바람에 뒤통수가 벽에 부딪혔다. 의사는 이 정도는 걱정할 것 없다면서, 벽에서 좀 떨어져 앉게 한 다음 이번엔 우선 오른쪽으로 얼굴을 기울어지게 했다. 그러고는 코가 붙었던 자리를 만져 보며 말했다. "흠!" 다음엔 왼쪽으로 기울어지게 하고 역시 "흠!" 했다. 마지막으로 손가락으로 그곳을 탁 튕기자, 꼬발료프는 마치 이빨 검사를 받는 말처럼 목을 움츠렸다. 진찰을 마친 후 의사는 고개를 가로저으며 말했다.

"이건 곤란합니다. 이대로 그냥 두시는 편이 훨씬 나을 것 같군요. 잘못 건드렸다간 되레 좋지 않을 겁니다. 그야 물론 코야 붙일 수 있지요. 당장이라도 붙여 드릴 수 있지요. 하지만 소령님을 위해서 드리는 말씀인데, 그렇게 하면 오히려 해롭습니다."

"상관없습니다. 코 없이는 한시도 살 수 없어요!"

꼬발료프는 말했다.

"아무리 나쁘다 해도 지금보다 나을 겁니다. 이런 제기랄! 내가 이런 혐오스러운 몰골로 어디를 다니겠습니까? 나는 훌륭한 사람들과 교제를 하는 사람으로서, 오늘 저녁만 해도 저녁 파티가 있는 집안을 두 곳이나 방문해야 합니다. 교제가 넓으니까요…… 5등관 부인 체흐따레바라든가 대령 부인 뽀드또치나라든가…… 하기는 뽀드또치나 부인한테는 이번에 이런 일을 당했기 때문에 경찰서에서나 만나면 만날까, 그 밖엔 만날 필요조차 없게 되었습니다만……. 그러니 제발 좀 봐주십시오…….”

꼬발료프는 애원하다시피 말했다.

“무슨 방법이 없을까요? 어떻게 해서든지 붙여만 주십시오. 보기 좋게 되건 흉하게 되건 어쨌든 떨어지지만 않으면 됩니다. 좀 위험할 것 같을 땐 미리 한 손으로 가볍게 누르고 있을 수도 있습니다. 그리고 앞으로는 춤은 그만두겠습니다. 혹시 잘못하다 코를 상하게 할 수도 있으니까요. 치료비는 힘자라는 데까지 최대한도로 생각해 드릴 테니 그 점은 조금도 염려 마시고…….”

“이렇게 말하면 곧이들으실지 모르겠지만…….”

의사는 크지도 작지도 않으나 힘차고 매력 있는 음성으로 말했다.

“나는 돈 때문에 의사 노릇을 하고 있는 인간이 아닙니다. 그것은 나의 신념과 인술에 위배되는 것이니까요. 내가 왕진료를 받는 건 사실이지만 그것은 거절함으로써 오히려 환자의 기분을 상하게 하지나 않을까 하는 염려 때문입니다. 물론 나는 소령님의 코를 당장에라도 붙여 드릴 수 있지만 그러나 결과는 안 붙인 것만도 못할 겁니다. 이만큼 진정으로 말해도 내 말을 믿지 못하시겠습니까? 아예 건드리지 말고 그대로 두십시오. 그곳을 냉수로 자주 씻어 주세요. 사실 코가 없어도 있을 때나 매한가지로 건강엔 전혀 지장이 없으니까요. 그리고 그 코는 알코올병에 넣어 두면 좋을 겁니다. 아니, 그것보다 병 속에 독한 보드카와 따뜻하게 데운 식초를 두 숟갈 넣는 편이 좋겠군요……. 그렇게 상하지 않게 해 놓으면 상당한 금액을 받을 수 있을 겁니다. 너무 값을 비싸게 부르지만 않는다면 내가 팔아 드릴 수도 있습니다."

"원, 천만의 말씀을! 그걸 팔다니 말이 됩니까!"

절망에 빠진 꼬발료프 소령은 펄쩍 뛸 듯이 소리쳤다.

"차라리 코가 그냥 사라져 버리는 편이 낫겠소."

"실례했습니다."

의사는 허리를 굽혀 인사하며 말했다.

"소령님께 도움이 되고 싶었습니다만…… 어쩔 수 없습니다. 그러나 적어도 내가 노력했다는 것만은 소령님도 인정하시겠지요?"

이렇게 말하고 나서 의사는 점잔을 빼며 방에서 나가 버렸다. 꼬발료프는 의사의 얼굴조차 제대로 보이지 않았다. 깊은 무의식 상태에서 겨우 눈에 들어온 것은 의사의 검은 연미복 소매 끝으로 비어져 나온 눈처럼 하얀 셔츠의 소매뿐이었다.

다음 날 그는 소송을 제기하기에 앞서 우선 대령 부인에게 편지를 보내 그녀가 자기에게 돌려줘야 할 것을 분쟁 없이 돌려줄 것인지 알아보기로 했다. 그의 편지는 다음과 같았다.

친애하는 알렉산드라 그리고리예브나!

저는 부인이 취하신 기이한 행동을 도저히 이해할 수 없습니다. 그렇게 해 봐야 부인한테 조금도 이로울 것이 없을 뿐만 아니라, 따님과 억지로 결혼시킬 수도 없다는 것을 알아주시기 바랍니다. 제 코와 관련된 사건의 경위는 너무도 자명한 것이며, 따라서 그 주범이 바로 부인이라는 것도 명백합니다. 갑자기 코가 자기 자리를 떠나 관리로 변장하기도 하고 원래의 모습으로 되돌아가기도 한다는 것은 부인이라든가 혹은 부인과 유사한 짓을 하는 사람들의 요술의 결과가 아니고 무엇이겠습니까? 만약에 코가 오늘 중으로 본래의 위치로 돌아오지 않을 경우 부득이 법의 보호에 호소하는 수밖에 없다는 것을 미리 알려 드리는 바입니다.

그러나 아직도 당신에게 최대의 경의를 표합니다.

당신을 존경하는 쁠라똔 꼬발료프 드림

친애하는 쁠라똔 꾸지미치 씨!

저는 당신이 보내 주신 편지를 읽고 얼마나 놀랐는지 모릅니다. 솔직히 말씀드려서 제게 무슨 잘못이라도 있는 듯이 이렇게 질책하시리라고는 상상도 못 했습니다. 무엇보다도 먼저 저는 당신이 말씀하시는 그런 관리를, 변장을 했건 안 했건 간에 한 번도 집에 들여 본 일이 없습니다. 하기는 필리쁘 이바노비치 뽀딴치꼬쁘라는 분이 한 번 오신 일은 있습니다. 그렇지만 그분은 품행이 바르고 학식이 높은 신사로 제 딸애한테 청혼하려는 눈치였지만, 저는 아직 아무런 언질도 주지 않았습니다. 그리고 편지에 코에 대한 말씀이 있었는데 혹시 그것은 제가 당신의 '코를 떼려고', 다시 말해 정식으로 당신의 청혼을 거절하려 한다는 뜻이 아닌지요? 그렇다면 천만 뜻밖입니다. 그런 말씀은 오히려 당신이 먼저 하셨고, 저는 그때 아시다시피 반대 의견이었으니까요. 그러니까 지금이라두 당신이 정식으로 청혼만 하신다면 저는 언제든지 쾌히 받아들일 용의가 있습니다. 그것은 제가 항상 마음속으로 바라던 바이니까요. 그럼 좋은 소식이 있기를 기다리며 이만 줄입니다.

"아니야."

꼬발료프는 편지를 읽고 나서 말했다.

"그 여자에겐 확실히 아무 죄가 없어. 암, 그럴 리가 없지! 죄가 있다면 절대로 이런 편지는 쓸 수 없거든."

8등관이 이런 방면에 밝은 이유가 있었다. 까프까스 지방에 있을 때 여러 번 사건의 심리를 맡아본 경험이 있었기 때문이다.

"그렇다면 대체 어찌하여, 무슨 운명의 장난으로 이런 일이 일어났을까? 갈수록 앞이 캄캄하군!"

그는 맥없이 두 팔을 밑으로 늘어뜨렸다.

어느새 이 기괴한 사건에 대한 소문은 부풀어 장안에 퍼졌다. 소문이란 언제나 그렇듯 이 사람 저 사람에게 옮겨질 때마다 허무맹랑한 꼬리가 덧붙기 마련이다. 이 무렵 사람들은 모두 신기한 것을 좇고 있었다. 바로 얼마 전부터 자력(磁力) 실험이 크게 유행했고, 꼬뉴셰나 거리에 춤추는 의자가 있다는 소문이 퍼지기 시작한 지 얼마 되지 않았다. 따라서 8등관 꼬발료프의 코가 오후 3시가 되면 네프스끼 거리를 산책한다는 소문은 그리 이상할 것도 없었다. 호기심이 강한 사람들이 날마다 수없이 모여들었다. 코가 지금 윤께르 상점에 들어갔다고 누가 말하면, 상점 앞에는 순식간에 사람들이 구름처럼 몰려들어 일대 혼란이 야기됐으며 경찰이 출동하지 않으면 안 될 지경에 이르곤 했다. 구레나룻을 기른 덩치 큰 사기꾼 하나가 극장 입구에서 여러 가지 과자를 팔고 있었는데, 그 장사를 집어치우고 이번에는 훌륭하고 튼튼한 벤치를 많이 만들어 놓고는 한 사람에게 80꼬뻬이까씩 받고 호기심이 강한 사람들을 끌어모았다. 어느 고참 대령은 그 광경을 구경하려고 일부러 일찌감치 집에서 나와 군중을 헤치고 겨우 안으로 들어갔다. 그러나 괘씸하게도 상점 창문을 통해 보이는 것은 흔해 빠진 털실 재킷 한 벌과 석판으로 인쇄한 그림 한 장이 걸려 있는 광경뿐이었다. 그림이라는 것도 스타킹을 고쳐 신고 있는 처녀와 그 장면을 나무 그늘에 숨어서 바라보는 짧은 수염을 기르고 두 겹 조끼를 입은 건달을 그린 것이었다. 심지어 이미 십 년 이상이나 바로 그 자리에 걸려 있었다. 대령은 되돌아 나오며 입맛이 쓰다는 듯이 중얼거렸다.

"어째서 세상 사람들은 이런 어리석고 터무니없는 소문을 가지고 법석을 떠는 걸까?"

그런데 이번에 네프스끼 거리가 아니라 따브리체스끼 공원에 꼬발료프 소령의 코가 나타났다는 소문이 퍼졌다. 그곳에 이미 오래전부터 코가 나타났으며, 페르시아 왕자 호스로우 미르자가 거기 체류할 때에도 역시 그런 괴상한 사건이 일어나 그를 몹시 놀라게 했다는 소문도 떠돌았다. 몇몇 의대생들은 일부러 견학을 하러 그 공원을 찾아가기도 했다. 어느 유명한 귀부인은 공원 관리인에게 편지를 보내 자기 자녀들에게 그 기이한 현상을 구경시켜 달라고 부탁했고, 가능하다면 젊은 아이들에게 교훈이 되도록 설명해 주면 고맙겠다고 했다.

이 사건으로 좋아한 사람들은 파티라면 빼놓지 않고 찾아다니는 소위 사교계의 사람들이었다. 그들은 여자들을 웃기는 일을 무엇보다 좋아하는 사람들로, 마침 재미있는 이야깃거리가 떨어져 곤란을 느끼고 있었다. 그러나 소수에 지나지 않았지만 점잖고 생각이 깊은 사람들은 그것을 매우 못마땅하게 여겼다. 어느 신사 한 사람은 분노에 찬 어조로 오늘날과 같은 문명 시대에 그따위 황당무계한 헛소문이 어떻게 퍼질 수 있는지 모르겠다. 그리고 당국이 이런 일에 대해 왜 주목하지 않는지 놀라운 일이라고 말했다. 이 신사는 분명히 정부가 모든 일을, 심지어는 자기 집 부부 싸움까지 간섭하기를 바라는 사람 가운데 하나인 모양이었다. 이런 일들이 있은 후에 뒤이어…… 그러나 여기서 이 사건은 또다시 미궁에 빠져 버렸다. 그 후 일이 어떻게 되었는지는 전혀 알 길이 없었다.

3

세상엔 정말로 말도 안 되는 일이 일어나기도 한다. 때로는 도저히 이해하기 어려운 사건이 벌어진다. 한때는 5등관 행세를 하며 마차를 타고 장안을 돌아다니며 그렇게 떠들썩한 소동을 일으켰던 코가 갑자기 아무 일도 없었던 것처럼 시치미를 떼고 다시 제자리에, 즉 꼬발료프 소령의 얼굴 한가운데 돌아와 앉은 것이다. 어느새 4월 7일이 되어 있었다. 잠에서 깨어 무심코 거울을 들여다보니 코가 있지 않은가! 손으로 코를 만져 보았다. 틀림없는 코다!

"에헤!"

꼬발료프는 어찌나 반가웠던지 맨발로 껑충껑충 춤을 추려고까지 했다. 그러나 그때 이반이 들어왔기 때문에 그만두었다. 그는 즉시 세면도구를 가져오라고 했다. 세수를 하고 나서 다시 한 번 거울을 바라보았다. 코다! 수건으로 얼굴을 닦고 다시 보았다. 역시 코다!

"여보게, 이반, 내 콧등에 여드름이 난 것 같단 말이야, 좀 봐 주게."

그는 이렇게 말하며 마음속으로 후회했다.

'괜한 걸 물었군! 혹시 이반이 '여드름은 고사하고 코가 보이질 않네요, 나리.' 하고 대답하면 정말 큰일인데.'

그러나 이반은 이렇게 대답했다.

"여드름이 다 뭡니까, 아무것도 없어요. 코는 아주 말쑥합니다."

"좋아, 이젠 됐어!"

소령은 중얼거리며 손가락을 탁 하고 튕겼다. 바로 이때 방 안으로 얼굴을 들이민 것은 이발사 이반 야꼬블레비치였다. 이발사는 버터를 훔치다가 호되게 얻어맞은 고양이처럼 겁에 질린 모습이었다.

"먼저 묻겠는데, 손은 깨끗한가?"

꼬발료프는 이발사가 가까이 오기도 전에 이렇게 소리쳐 물었다.

"네, 깨끗합니다."

"거짓말은 아니겠지?"

"네, 정말로 깨끗합니다, 나리."

"좋아, 조심해서 해 주게."

꼬발료프는 의자에 앉았다. 이반 야꼬블레비치는 그에게 휜 보자기를 씌웠다. 그러고는 눈 깜짝할 사이에 면두속로 그의 수염과 볼에다가 장사하는 집의 생일잔치에 나오는 크림처럼 가득 비누칠을 했다.

"음, 틀림없어!"

이발사는 소령의 코를 내려다보며 중얼거렸다. 그리고 이번에 옆으로 고개를 기웃하여 측면에서 바라보았다.

"역시 내가 생각했던 대로야!"

코만 그냥 오랫동안 바라보았다. 이윽고 코끝을 쥐려고 조심스럽게 두 손가락을 뻗쳐 들었다. 이것은 이반 야꼬블레비치가 면도를 하는 순서였다.

"이봐, 조심해야 하네!"

꼬발료프가 외쳤다. 이반 야꼬블레비치는 흠칫 손을 내렸다. 그는 이제껏 한 번도 경험해 본 일이 없는 불안을 느꼈다. 한참 만에야 그는 턱밑에 살며시 면도칼을 갖다 대기 시작했다. 후각 기관에 손을 대지 않고 면도를 하자니 아주 불편하고 곤란하기 짝이 없었으나, 그 거친 엄지손가락으로 볼과 아랫입술을 누르고 가까스로 면도를 깨끗이 끝낼 수 있었다.

면도가 끝나자 꼬발료프는 즉시 옷을 갈아입고 마차를 잡아타고서 곧장 제과점으로 달려갔다. 제과점에 들어서자마자 그는 멀리서부터 커다란 소리로 주문했다. "코코아 한 잔!" 그러고는 재빨리 거울 앞으로 달려갔다. 역시 코는 제자리에 붙어 있었다. 그는 만면에 미소를 띠고 뒤를 돌아보고는 눈을 약간 가늘게 뜨며 비웃는 듯한 표정으로 두 사람의 군인에게 시선을 던졌다. 그중 한 사람의 코는 아무리 우겨 봐도 조끼 단추보다 크다고는 할 수 없는 물건이었다. 제과점을 나온 그는 평소부터 부지사 자리를, 그것이 안 되면 감찰관 자리라도 하나 얻으려고 찾아다니던 그 관청으로 발길을 돌렸다. 수위실 옆을 지나면서 슬쩍 거울을 들여다보았지만 여전히 코는 붙어 있었다. 다음엔 역시 8등관, 즉 소령인 친구를 찾아갔다. 이 친구는 언제나 남의 아픈 곳을 찔러 약을 올리기 좋아하는 독설가였다. 그럴 때마다 꼬발료프는 다음과 같이 응수하곤 했다.

"아무리 지껄여 봐야 자네 독설은 바늘 끝으로 찌르는 것만큼도 아프지 않네."

이 친구에게 가는 도중에도 꼬발료프는 생각했다.

'만일 그 녀석이 나를 보고도 배를 쥐고 웃어 대지 않는다면 그거야말로 내 얼굴에 있어야 할 물건이 제자리에 모두 붙어 있다는 증거가 될 거야.'

그러나 그 8등관은 아무 소리도 없었다.

'됐어, 됐어, 틀림없어!'

그는 속으로 쾌재를 불렀다. 돌아오는 길에 그는 대령 부인과 그 딸을 만났다. 아는 체를 하니까 환성을 올리며 반가워했다. 그러니까 그의 육체에는 아무런 결함도 없는 것이다. 그는 꽤 오랫동안 길가에 서서 여자들과 얘기를 했다. 그리고 일부러 코담배를 꺼내서 보란 듯이 한참 동안이나 양쪽 콧구멍에 집어넣었다. 그러면서도 속으로는 이렇게 중얼거렸다.

'어리석은 여자들이야! 아무튼 난 당신 딸한테 장가들지 않겠소. 뭐 별다른 이유가 있는 건 아니지만……. 흥, 미안하게 됐습니다!'

그 후부터 꼬발료프 소령은 아무 일도 없었던 것처럼 어떠한 장소에도 거리낌없이 나타났다. 코 역시 아무 일 없었던 것처럼 얼굴 한가운데에 앉아 어디로 달아날 것 같은 기색은 보이지 않았다. 그런 일이 있은 후 꼬발료프 소령은 언제 보아도 기분이 좋아서 싱글벙글했고, 예쁜 여자라면 누구에게나 추파를 던졌다. 한번은 시장의 상점 앞에서 걸음을 멈추고 훈장에 다는 리본을 샀다. 대체 그것을 무엇에 쓰려는지 알 수 없었다. 왜냐하면 그는 아직 한 번도 훈장을 받은 일이 없었기 때문이다.

광대한 이 나라의 북쪽 수도에서 일어난 이 사건의 전모는 대략 이상과 같다. 지금은 누가 생각해도 믿기 어려운 점이 한두 가지가 아니다. 코가 도망을 쳐서 5등관의 모습으로 차려입고 여기저기 나타난 일은 확실히 초자연적이고 기괴한 사건이다. 그런데 이것을 군이 말하지 않더라도, 왜 꼬발료프와 같은 인물이 신문사에서 코에 대한 광고를 내지 못했을까? 내가 여기서 말하려는 것은 광고료가 비싸기 때문에 하는 이야기가 아니다. 그건 말도 안 되는 일이다. 나는 그런 계산적인 사람이 못 된다. 하지만 어쨌든 창피하고 어색하고 불쾌한 일이다. 또 구워 낸 빵 속에 어떻게 코가 들어 있을 수 있을까? 이반 야꼬블레비치는 또 어떻게…… 아니, 그것은 도저히 이해할 수 없다. 나로서는 정말로 이해할 수 없는 일이다. 그러나 무엇보다 이상하고 무엇보다 이해하기 어려운 것은 작가들이 어떻게 이런 종류의 사건을 주제로 삼을 수 있겠느냐 하는 문제다. 솔직히 말해서 이것은 이미 인간의 두뇌로는 풀어낼 수 없는, 다시 말하자면…… 아니, 아니, 나로서는 도저히 이해할 수 없는 문제다. 첫째로 이런 사건을 주제로 써 봐야 국가에 이로울 건 조금도 없을 거고, 둘째로는…… 둘째도 역시 아무런 이익이 없을 터다. 하여튼 나는 뭐가 뭔지 도무지 알 수가 없다…….

그렇긴 하지만 하나하나 따져 본다면 전체적으로 이 사건을 수긍할 수 있을 것이다. 물론 하나에서 열까지 모두 비현실적인 것만은 사실이지만, 그러나 생각하고 다시 생각해 보면

이 이야기 속에는 분명히 무엇인가가 내포되어 있다. 누가 뭐라 해도 이와 비슷한 사건들은 이 세상에 있을 수 있다. 드물긴 하지만 있을 수 있는 일이다.

외투

그가 근무하던 관청은…… 아니, 어느 관청인지 밝히지 않는 게 좋을 것 같다. 어느 관청이든 어느 연대든 어느 사무실이든, 하여튼 관리만큼 화를 잘 내는 사람들도 없다. 이제는 개인들까지 자기가 당한 일을 마치 사회 전체에 대한 모욕처럼 생각한다. 어느 도시인지 기억할 순 없지만 아주 최근에 어느 지역 경찰서장이라는 사람이 국가 기강이 무너지고 자신의 거룩한 이름이 함부로 남용된다는 내용의 탄원서를 제출했다고 한다. 그리고 다소 낭만적인 내용이 적힌 어마어마한 분량의 증빙 서류를 첨부했는데, 그 서류에는 열 쪽에 한 번씩 경찰서장이 등장하고, 심지어 완전히 술에 취한 모습으로 묘사되어 있었다. 그러니 불미스러운 일에서 벗어나려면, 문제가 되는 곳을 그냥 '어느 관청'이라 부르는 것이 낫다. 그 '어느 관청'에 '어떤 관리'가 근무하고 있었다. 아주 뛰어나다고 할 수 없고 키가 작은 그 관리는 약간 얽은 자국이 있는 불그스름한 얼굴에 눈에 띄게 시력이 안 좋았으며, 이마가 조금 벗어지고, 양 볼에 주름이 진 데다 치질 환자 같은 얼굴빛을 하고 있었다. 어쩌겠는가! 뻬쩨르부르그 기후 탓인 것을. 관등에 관한 한(이 나라에서는 우선 관등부터 밝혀야 한다.) 그는 만년 9급 관리였다. 아시다시피 밟혀도 끽소리 한 번 못 하는 사람들을 억압하는 훌륭한 습성이 있는, 온갖 종류의 작가들이 마음껏 놀려 대고 마구 비꼬는 바로 그 9급이다. 그 관리의 성(姓)은 바쉬마취낀이었다. 이름만 보아도 바쉬마끄[17]에서 유래한 성임을 알 수 있다. 그러나 언제 어느 시대에 어떻게 바쉬마끄와 연관되었는지 알 수 없다. 아버지도, 할아버지도, 심지어 외가 쪽 식구까지도 바쉬마취낀 집안 사람들은 모두 보통 구두를 신고 다녔고, 밑창도 일 년에 세 번 정도만 갈았다. 그의 이름은 아까끼 아까끼예비치[18]였다. 아마 독자들에겐 이 이름이 약간 이상하고 진기하게 여겨지겠지만 일부러 그런 이름을 찾아낸 것은 아니다. 단지 다른 이름으로 부를 수 없는 사정이 생겼고 결국엔 그렇게 된 것이다. 기억이 틀리지 않다면, 아까끼 아까끼예비치는 3월 23일 저녁 무렵에 태어났다. 고인이 된 그의 어머니는 관리의 아내로서 마음씨가 아주 착한 여자였으며, 당연히 해야 할 일이지만 아기에게 세례를 해 주어야 했다. 엄마는 문을 향한 채 아직 침대에 누워 있었고, 오른쪽에는 의회에서 의장으로 일한 적이 있는 뛰어난 대

---

17   러시아어 '바쉬마끄(bashmak)'는 '단화', 즉 '구두'라는 의미다.

18   '아까끼 아까끼예비치(Akakii Akakievich)'는 아버지 역시 그 이름이 아까끼라는 말이다. 아까끼라는 이름의 유래에는 두 가지 설이 있다. 하나는 실존했던 성자의 이름에서 유래했다는 것이고, 다른 하나는 러시아어 가운데 유아어로서 '똥' 또는 '응가'를 의미하는 '까까(kaka)'에서 유래했다는 것이다. 즉 주인공의 이름을 유아어 '까까'와 비슷하게 하여, 그의 유아성과 희극성을 높이고자 의도했다는 주장이다.

부 이반 이바노비치 예로쉬낀과 그 경찰관의 아내이자 선행을 잘 베푸는 대모 아리나 세묘노브나 벨로브류쉬꼬바가 서 있었다. 산모에게 세 가지 이름 가운데 마음에 드는 것을 고르라고 했다. 목끼나 솟시[19]로 부르든지 아니면 순교자의 이름을 따서 호즈다쟈뜨라고 부르라는 것이었다. 산모는 잠시 생각하더니 "싫어요."라고 말했다. "무슨 이름이 다들 그 모양이람." 산모를 기쁘게 하기 위해 달력을 한 장 넘겼다. 이번엔 다시 뜨리필리, 둘라, 바라하씨, 이렇게 세 개의 이름이 나왔다. "아이고, 맙소사." 산모가 내뱉은 말이었다. "무슨 이름들이 다 그래. 정말로 한 번도 들어 보지 못한 이름들이네. 바라다뜨나 바루흐라면 또 모르지만 뜨리필리와 바라하씨라니." 달력을 또 한 장 넘겼다. ── 빠프시까히와 바흐찌시. "이젠 더 볼 것도 없어요." 산모가 말했다. "그 아이의 운명이 그런가 보군요. 그렇다면 차라리 아버지의 이름을 따서 부르는 것이 더 낫겠어요. 아버지가 아까끼였으니 아들도 똑같이 아까끼라고 하지요." 이렇게 해서 아까끼 아까끼예비치라는 이름이 생겨난 것이다. 세례를 받을 때 아기는 울어 버렸고, 마치 9급 관리가 될 것을 미리 예상이라도 한 듯 얼굴을 찡그렸다. 모든 일이 바로 이렇게 일어났다. 이런 이야기는 앞으로의 상황이 불가피하고 또한 다른 방법이 없었다는 점을 독자가 직접 알 수 있도록 하기 위해서 일러두는 것이다. 그가 언제 어떤 시기에 관청에 들어왔는지, 또 그를 관직에 앉힌 사람이 누구인지는 아무도 기억할 수 없었다. 부장과 국장이 수없이 갈리

---

19 '목끼(Mokkii)'와 '솟시(Sossii)'는 각각 '젖은(mokryi)'과 '(젖을) 빨다.(sosat)'에 서 유래한다. 작가는 유아적인 이름을 이용하여 언어유희를 즐기고 있다.

는 동안, 그는 언제나 같은 자리와 같은 직위에서 서기로서 같은 업무를 되풀이하였다. 급기야 사람들은 그가 제복을 입고 이마가 벗어진 모습을 한 채 9급 관리가 되기 위해 이미 완전한 준비를 하고 세상에 태어난 것처럼 보인다고 믿게 되었다. 관청에서는 모두 그를 아무렇게나 대했다. 경비는 그가 지나가도 자리에서 일어나지 않았을 뿐만 아니라, 날아온 파리 한 마리가 응접실을 지나가는 듯 전혀 거들떠보지도 않았다. 상관들은 그를 냉정하고 난폭하게 대했다. 계장인지 무슨 대리라는 작자는 '정서해 주시오.'라든가 '이거 재미있고 좋은 일감이지요.'라고 예의를 지켜 해야 하는, 업무에서 사용하는 기분 좋은 말 한마디 없이 코앞에 서류 뭉치를 불쑥 들이밀었다. 그러면 그는 누가 일을 맡기는지, 그 사람에게 그럴 권리가 있는지 어떤지에 관계없이 종이만 바라보고는 일을 맡았다. 그는 종이를 받는 대로 즉시 글씨를 써 내려갔다. 젊은 관리들은 사무적인 기지를 발휘하여 그를 조롱했고, 그의 면전에서 그에 대해 꾸며 낸 여러 가지 이야기들을 주고받았다. 그의 집주인인 일흔 살 먹은 노파까지 등장시켜, 그가 노파에게 맞고 산다고 말하거나 언제 노파하고 결혼하느냐고 묻기도 하고, 눈이 내린다며 종이 부스러기를 그의 머리 위에 뿌리기도 했다. 그러나 아까끼 아까끼예비치는 눈앞의 사람들은 안중에도 없다는 듯 아무런 대꾸도 하지 않았다. 그가 하는 일에도 지장을 받지 않았다. 그런 와중에도 그는 글을 쓰는 데 아무런 실수도 하지 않았다. 농담이 도를 넘어 너무 지나치게 그의 팔을 건드리며 일을 방해하면, 그제야 "날 좀 내버려 둬요, 왜 이렇게 나를 못살게 구는 거요?"라고 말하는 것이었다. 그가 말한 단어들과 목소리에는 어떤 이상한 힘이 있었다. 그 말을 듣고 있노라면 어느새 연민의 정이 솟아나, 취직한 지 얼마 안 되어 남들 따라 아무 생각 없이 그를 조롱하던 어떤 젊은이는 갑자기 뭔가에 찔리기라도 한 듯 꼼짝할 수 없었다. 그날 이후로 그 젊은이는 모든 것이 변한 것 같다고 느꼈으며 그때까지와는 다른 모습으로 그를 대했다. 한때는 유쾌하고 사교적인 사람들로만 여기고 알고 지내던 동료들과도 어떤 알 수 없는 힘에 의해 멀어지게 되었다. 그 이후로도 오랫동안 가장 즐거운 순간에 젊은이는 이마가 벗어진 작은 관리가 애처롭게 스며드는 말로 '날 좀 내버려 둬요, 왜 이렇게 나를 못살게 구는 거요?'라고 말하던 모습을 떠올렸다. 그 절절히 스며드는 애처로운 말속에서는 '나도 당신들의 형제요.'라는 또 다른 소리가 묻어나는 것이었다. 그러면 이 가련한 젊은이는 손으로 얼굴을 가렸고, 그 후 평생 동안 인간이 얼마나 잔인한 존재인지를, 누구나 알 만한 세련되고 품위 있고 명예로운 사람들조차 그 고상하고 점잖고 자랑스러운 인품 뒤에 얼마나 잔인하고 무례한 면을 감추고 있는지를 깨닫고서 얼마나 몸서리를 쳤는지……

그처럼 자신의 일에 충실한 사람을 어디서 찾을 수 있을까. 단순히 열성적으로 일한다고 말하는 것만으로는 부족했다. 아니, 그는 애정을 갖고 근무했다. 이 정서하는 일에서 그는 다양하고 즐거운 자신만의 어떤 세계를 발견한 것이다. 즐거움은 그의 얼굴에도 나타났다. 그가 특별히 좋아하는 글자도 있었다. 일을 하다가 그 글자를 대하면 너무나 기뻐서 미소를 짓고 윙크를 하면서 입으로 글자들을 불러 보곤 했다. 그 때문에 그가 깃털 펜으로 써 내려가는 글자 하나하나를 그의 얼굴에서 읽어 낼 수 있을 것 같았다. 일에 대한 열정만 가지

고 본다면, 자신도 놀랄 일이겠지만, 5급 직책을 하사할 만도
했다. 그러나 그가 얻은 것은, 동료들의 독설을 빌린다면, 허
름한 제복 단추와 치질뿐이었다. 그렇다고 그에게 관심을 갖
는 사람들이 전혀 없었던 것은 아니다. 어느 양심적인 국장이
오랜 기간의 근무를 치하하고자 평범한 정서 업무보다 좀 더
중요한 직책을 그에게 맡기라고 지시하였다. 그 결과 그는 준
비된 양식에 따라 다른 관청으로 가는 문서를 작성하는 일을
하게 되었다. 표제를 바꾸고, 동사를 일인칭에서 삼인칭으로
바꾸는 일일 뿐이었다. 이 새 업무는 그에게 너무 부담이 되어
그야말로 땀을 뻘뻘 흘렸다. 마침내 그는 이마를 훔치며 말했
다. "못하겠어요, 차라리 정서하는 일을 맡겨 주십시오." 그 이
후로 그는 항상 정서만 하게 되었다. 그에게는 정서하는 일 이
외에 아무것도 존재하지 않는 것 같았다. 그는 옷차림에도 전
혀 신경을 쓰지 않았다. 그의 제복은 녹색이 아니라 불그스레
한 밀가루색이었다. 제복의 깃이 좁고 낮아서 그 깃 사이로 비
어져 나온 목은 사실 길지 않은데도 유별나게 길어 보였다. 그
모습은 마치 러시아에 있는 외국인들이 너무나도 안고 다닌
나머지 머리가 이리저리 흔들리는 석고 고양이 같았다. 제복
에는 언제나 무엇인가를 묻히고 다녔다. 지푸라기나 어떤 실
밥 같은 것이 붙어 있었다. 게다가 무슨 재주인지 누군가가 쓰
레기를 버리는 바로 그 순간에 창문 아래로 지나갔기 때문에,
그의 모자에는 항상 수박이나 꿀참외 껍질과 같은 잡동사니
들이 얽혀 있었다. 그의 젊은 동류 관리가 그 특유의 기민한
눈썰미로 길 건너에서 걷고 있는 사람의 터진 바지 솔기까지
가려내고 얼굴에 능청스러운 웃음을 흘리는 바로 그 거리에
서, 그는 날마다 일어나는 사건에 전혀 관심을 두지 않았다.

그러나 아까끼 아까끼예비치는 역시 어딘가로 눈길을 돌렸을 때도 가지런한 자신의 필체로 쓰인 글씨들이 그 위에서 어른거리는 듯하다고 느끼며 자신이 지금 어디에 있는지조차 모르다가, 어디선가 갑자기 튀어나온 말 대가리가 그의 어깨 너머로 콧김을 불어넣어 그게 볼에 와 닿았을 때에야 비로소 정신을 차리는 것이었다. 그러면 자신이 지금 정서 작업을 하고 있는 것이 아니라 길 한복판에 있음을 깨닫곤 했다. 집에 돌아오면 정확히 같은 시각에 식탁에 앉아 수프와 양파를 곁들인 쇠고기를 무슨 맛인지도 모르는 채, 음식에 파리가 붙었든지 무슨 이상한 것이 잘못 빠져 있든지 전혀 신경 쓰지 않고 먹어 치웠다. 배 속이 어느 정도 채워졌다 싶으면, 식탁에서 일어나 잉크병을 꺼내어 집에 가지고 온 서류를 정서하기 시작했다. 그런 일이 없을 때면 취미 삼아 보관해 둘 요량으로 필사본을 만들어 두었다. 그런 서류들은 문체가 특별히 아름답지는 않았지만, 새로운 인물이나 아주 중요한 인물에게 가는 것들이었다.

뻬쩨르부르그의 잿빛 하늘이 완전히 어둠에 잠기고, 모든 관리들이 각자의 봉급 수준과 취향에 맞추어 배불리 식사를 마친 뒤, 펜 놀리는 소리와 분주함, 자신과 다른 사람들의 불가피한 일들, 일에 미친 사람들이 자진해서 때로는 필요 이상으로 떠맡았던 업무들을 끝내고 모두들 휴식에 들어갈 무렵, 나머지 저녁 시간을 즐기고자 마음먹은 관리들은 극장으로, 화사한 옷차림의 여인들이 있는 거리로, 또 크지 않은 관리 사회의 새 우상으로 떠오른 어느 용모가 아름다운 아가씨에게 너도 나도 달콤한 말을 속삭이는 연회장으로 달려간다. 이도 저도 아닌 대부분의 사람들은 그저 4층이나 3층에서 작은 방 두 칸에 현관이나 부엌이 딸린 집을, 몇 끼의 식사와 노는 것을 포기하고 사 모은 램프나 이것저것 유행에 따른 물건들로 장식해 놓고 사는 동료를 찾아간다. 그러니까 모든 관료들이 친구들의 작은 아파트로 찾아가 카드놀이를 즐기고 건빵과 차를 나누고 기다란 담뱃대의 연기를 빨아들이다가 카드를 돌리는 막간을 이용하여 러시아인이라면 누구나 거절할 수 없는 상류 사회에서 흘러나온 이런저런 유언비어를 떠들어 대거나 정 할 말이 없으면 팔코네 동상[20]의 말 꼬리가 잘렸다는 신고를 받았다는 어느 사령관에 대한 오래된 일화를 다시 되풀이하는, 한마디로 다들 기분 전환이나 하려고 애쓰는 바로 그 시간에도 아까끼 아까끼예비치는 즐거움과는 거리가 먼 시간을 보냈다. 어떤 모임에서도 그를 보았다는 사람은 아무도 없었다. 쓸 만큼 다 쓰고 나면 '내일은 또 무엇을 정서해야 하나?' 하고 미리 다음 날을 상상해 보며 그는 미소 띤 얼굴로 잠자리에 드는 것이었다. 400루블의 급료로 자신의 운명에 만족하며 살아가던 한 인간의 평화로운 삶은 그렇게 흘러가고 있었고 아마 또 그렇게 순조롭게 말년을 맞이할 수도 있었을 터다. 9급이든, 3급이든, 7급이든, 또 어떤 공직자든, 관청 근처에도 안 가 본 사람이든 인간이라면 누구나 겪곤 하는, 삶의 길에 뿌려진 갖가지 큰 불행이 없었더라면 말이다.

뻬쩨르부르그에서 연봉 400루블 정도의 급료로 생계를 꾸려 가는 사람들에게는 강력한 적이 있다. 이 적이란 다름 아

---

20 팔코네(E. M. Falconet, 1716~1791): 프랑스 고전주의 조각가로서 뻬쩨르부르그의 네바 강 언덕에 뾰뜨르 대제의 기마상을 만들었다. 이 청동 기마상은 말의 뒷다리들과 꼬리로 몸통을 지탱하고 있다.

닌 북풍이다. 하기야 북풍이 건강에 좋다는 말들도 한다. 하지만 적은 바로 러시아의 북풍이다. 아침 9시, 거리가 온통 관청으로 출근하는 사람들로 꽉 차는 시각에 코끝을 에는 바람의 세찬 일격이 무차별적으로 가해지면 불쌍한 관리들은 코를 어디에 감추어야 할지 어찌할 바를 모른다. 높은 직책의 나리들도 혹한에 이마가 아파지고 눈에서 눈물이 찔끔 쏟아지는 이 순간에 가난한 9급 관리들은 항상 속수무책이다. 유일한 해결책은 얇은 외투 자락에 몸을 숨기고 대여섯 개 거리를 가능한 한 재빨리 지나, 길에서 꽁꽁 얼어붙은 몸이 녹아 일을 시작할 수 있을 때까지 경비실에서 발을 동동 구르는 것뿐이다. 아까끼 아까끼예비치는 있는 힘을 다해 똑같은 지역을 달려가는데도 얼마 전부터 등과 어깨가 유난히 시린 듯한 느낌을 받았다. 마침내 그는 외투에 무슨 흠이 생겼을지도 모른다는 생각이 들었다. 집에 와서 외투를 잘 살펴보니 등과 어깨부분에 두세 군데 구멍이 뚫려 거친 무명이 들여다보였고, 양복지는 거의 속이 비칠 정도였으며, 안감도 낡아 누더기가 되어 있었다. 아까끼 아까끼예비치의 외투 역시 동료들의 놀림감이었다는 사실을 알아 둘 필요가 있다. 심지어는 외투라는 점잖은 이름 대신에 실내복이라고 불렸다. 사실 모양이 좀 이상하기도 했다. 외투의 다른 약한 부분에 덧대려고 옷깃을 조금씩 떼어 쓴 바람에 외투 깃이 해마다 줄어든 것이다. 재봉사의 솜씨가 그다지 좋지 않았던지 덧댄 부분은 헐렁해서 보기가 흉했다. 사태를 파악한 아까끼 아까끼예비치는 외투를 뻬뜨로비치에게 가져가기로 했다. 뻬뜨로비치는 뒤편 계단을 따라 올라가는 4층 어딘가에 사는 재봉사로, 애꾸에다 얼굴은 반점으로 온통 얼룩덜룩했지만 관리 제복이며 다른 바지며

예복을 고치는 솜씨는 꽤 괜찮았다. 물론 술이 취하지 않은 상태에서 머릿속에 딴 궁리를 하지 않을 때에는 그러했다. 물론 이 재봉사에 대해서 많은 것을 이야기할 필요가 있을까 싶기도 하다. 하지만 소설이라면 원래 등장인물들의 성격을 분명히 해 두어야 한다니, 뭐 할 수 없이 여기서 뻬뜨로비치에 대해 잠시 살펴보겠다. 그는 어느 지주 댁의 농노 출신으로 처음에는 그냥 그리고리라고 불렸다. 농노 해방이 되자 모든 축일마다 술을 퍼마시면서 뻬뜨로비치라고 불리게 되었다. 처음에는 큰 축일에만 술을 마시던 것이 차츰 달력에 십자 표시가 있는 날만 되면 가리지 않고 술을 마셔 댔다. 이런 면에서 본다면 그는 옛 관습에 충실한 사람이었으며, 아내와 말다툼을 할 때면 아내를 속물이니 독일 여편네니 하고 불렀다. 아내 이야기도 나왔으니 그녀에 대해서 한두 마디 하고 넘어갈 필요가 있겠다. 그러나 유감스럽게도 그녀에 대해 알려진 것은 별로 없으며 단지 뻬뜨로비치에게 아내가 있다는 사실만이 잘 알려져 있었다. 그녀는 숄을 두르는 대신 머리에 모자를 쓰고 다녔다. 인물은 자만할 정도는 아닌 것 같았다. 그래도 근위대 병사들만은 그녀를 만날 때면 그녀의 모자 아래를 흘낏 보고 윙크를 하며 괴상한 소리를 질러 댔다.

물과 구정물투성이인 뻬쩨르부르그 집들의 뒤편 계단이면 어디서나 맡을 수 있는 잘 알려진 알코올 냄새 탓에 눈물이 나올 정도인 계단을 따라 뻬뜨로비치의 방으로 가면서, 아까끼 아까끼예비치는 벌써부터 뻬뜨로비치가 가격을 얼마나 부를까 생각하고 있었다. 2루블 이상은 절대로 안 된다고 마음속으로 다짐했다. 문이 열려 있었다. 안주인이 무슨 생선 요리를 하는지 부엌엔 연기가 자욱했으므로 바퀴벌레 한 마리도 찾아볼 수 없었다. 아까끼 아까끼예비치는 안주인도 눈치 채지 못하게 부엌을 지나 뻬뜨로비치가, 색칠하지 않은 넓은 나무 탁자 앞에 터키 총독처럼 양반 다리를 하고 앉아 있는 방으로 들어섰다. 작업 중인 재봉사들이 늘 그렇듯이 그도 맨발이었다. 이미 아까끼 아까끼예비치의 눈에 익은 그의 커다란 발가락과 거북이 등껍질처럼 두껍고 딱딱한 발톱이 제일 먼저 시야에 들어왔다. 뻬뜨로비치의 목에는 실타래가 걸려 있고 무릎에는 헌 옷이 놓여 있었다. 그는 벌써 삼 분 동안이나 애썼지만 바늘에 실을 꿰지 못해 몹시 화가 나 있었으며, 방이 어둡다느니 실이 못쓰겠다느니 하며 소리 내어 투덜거렸다. "이런 망할 것, 왜 안 들어가는 거야. 정말 애먹이는군, 천하의 못된 것 같으니!" 아까끼 아까끼예비치는 하필 뻬뜨로비치가 화를 내던 순간에 찾아와 기분이 좋지 않았다. 사실 그는 뻬뜨로비치가 약간 허세를 부리거나 "술에 푹 절었네, 이 애꾸눈 망나니야."라고 그의 아내가 바가지를 긁고 있을 때 주문하기를 즐겼다. 그런 상황이면 뻬뜨로비치는 기꺼이 고집을 꺾고 손님이 부르는 가격에 응해 주었으며 절을 하고 고맙다는 인사까지 했던 것이다. 그러고 나면 아내가 찾아와, 사실 남편이라는 작자가 술에 취해 싼값에 일을 맡았다고 징징거리며 하소연했다. 그러나 10꼬뻬이까짜리 하나만 쥐여 주면 그만이었다. 지금의 뻬뜨로비치는 취하지 않은 상태인 듯싶었다. 깐깐한 성격에 고집쟁이라 얼마를 부를지 도무지 알 수가 없었다. 아까끼 아까끼예비치는 이것을 다 없었던 일로 하고 싶어졌지만, 이미 주사위가 던져졌다는 점을 알고 있었다. 뻬뜨로비치가 애꾸눈을 가늘게 뜨고 뚫어지게 바라보자, 아까끼 아까끼예비치는 마지못해 말문을 열었다.

"뻬뜨로비치, 잘 있었나!"

"나리도 안녕하시지요?"

뻬뜨로비치는 이번엔 어떤 먹이를 가져왔나 살피는 듯 아까끼 아까끼예비치의 손을 곁눈질해 가면서 대답했다.

"뻬뜨로비치, 여기 자네에게 맡길 것이 있네, 그게……."

아까끼 아까끼예비치는 말을 할 때 전치사, 부사에 그, 저, 그러니까…… 뭐 이런 아무 의미 없는 말들을, 그러니까 소사(小詞)나 조사(助詞)를 너무 많이 사용하는 경향이 있었다. 게다가 아주 곤란한 일을 당하면, 문장을 끝낼 줄 모르는 습관이 있었다. 그래서 종종 '이건, 사실, 진짜로 말하면……'과 같은 단어들로 말을 꺼내고 나서는 진짜 내용에 대해서는 아무 말도 하지 못하고, 심지어 그랬다는 사실조차 잊고서 할 말을 다 했다고 생각하곤 했다.

"뭔데요?"

동시에 뻬뜨로비치는 애꾸눈으로 제복을, 옷깃에서부터 소매, 등, 팔 안쪽, 단춧구멍까지 구석구석 훑어보면서 물었다. 사실 이 모든 것은 원래 그의 업이기 때문에 그에겐 아주 익숙한 일이었다. 그런 일은 재봉사들의 습관이다.

"저, 내가 말이지, 뻬뜨로비치……, 외투가 말이야, 양복지가……, 자 여길 봐, 다른 데는 전부, 멀쩡한데, 좀 먼지가 앉긴 했어도 말이야, 하긴 좀 낡아 보이지만, 그래도 새것 같아. 자, 여기 한 군데가 좀…… 그러니까 등 쪽이, 아, 그리고 한쪽 어깨가 닳아서 구멍이 났네. 그리고 이쪽 어깨도 조금…… 봐, 이게 전부야. 간단한 일이지 뭐……."

뻬뜨로비치는 그 실내복 같은 외투를 집어 들어 탁자 위에 펴놓고 한참 동안 살펴보다가 머리를 흔들었다. 그는 어떤 장군의 초상화가 그려진 담뱃갑을 집으려고 창 쪽으로 손을 뻗었다. 그 담뱃갑에 그려진 초상화는, 손가락으로 뚫은 얼굴 부분의 구멍을 종잇조각으로 때워 놓아서 어느 장군인지는 알 수가 없었다. 코담배 냄새를 맡고 난 후, 뻬뜨로비치는 양팔로 그 실내복을 대충 펼쳐 들더니 불빛에 한 번 비춰 보고 또다시 머리를 저었다. 그런 다음 안감 쪽으로 뒤집더니 또 한 번 머리를 젓고 담뱃갑의 뚜껑을 열어 담배를 코에 갖다 대고는 그 뚜껑을 닫아 뒤로 감추더니 마침내 입을 열었다.

"안 되겠는데요, 못 고치겠어요. 옷이 완전히 망가졌네요!"

아까끼 아까끼예비치는 그 한마디에 가슴이 철렁했다.

"왜 안 된다는 거야, 뻬뜨로비치?" 그의 목소리는 거의 떼쓰는 어린아이 같았다. "겨우 어깨가 좀 닳은 것뿐인데, 사실 덧댈 만한 천이 있지 않나⋯⋯?"

"그래요, 천 같은 거야 뭐, 얼마든지 있지요. 하지만 꿰맬 수가 없어요. 너무 심하게 삭아서 바늘을 갖다 대면 찢어질걸요."

"찢어지면 어때, 또 즉시 기우면 되지."

"덧댈 수가 없어요. 받쳐 주는 게 아니라 닳아 버린 옷감을 더 잡아당길 테니까요. 말이 양복지지 바람만 불어 보세요, 금방 갈가리 찢어질 텐데요."

"그래도, 어떻게 해 보게. 정말 이럴 수가 있나, 나 원 참⋯⋯!"

뻬뜨로비치가 단호하게 말했다.

"안 돼요! 손댈 수가 없어요. 완전히 엉망이에요. 이제 겨울 추위도 다가오고 할 테니, 잘라서 각반이나 만들어 쓰는 게

나아요. 추울 땐 양말만으로는 부족할 테니까. 사실 이것도 독일 놈들이 돈을 더 많이 넣고 다니려고 개발한 것이죠. (뻬뜨로비치는 기회가 있을 때마다 독일인들에 대해 빈정대기를 좋아했다.) 외투는 새로 하나 맞추셔야 하겠네요."

'새로'라는 말에 아까끼 아까끼예비치는 눈앞이 캄캄해지고 방 안에 있는 물건들이 뒤죽박죽되어 버리는 것 같았다. 얼굴 부분에 종이를 갖다 붙인 담뱃갑 뚜껑 위의 장군만이 제대로 보였다.

"어떻게 새 외투를?" 여전히 꿈속을 헤매는 듯한 기분으로 그가 말했다. "사실 그럴 돈이 없는데."

"그래요, 새로 하세요." 뻬뜨로비치는 잔인할 정도로 태연하게 말했다.

"그래, 만일 새것으로 맞춘다면, 그게 저, 어떻게 저리……."

"그러니까 얼마냐는 거죠?"

"그래."

"50루블짜리 석 장에 조금 더 얹어 주셔야죠." 이때 뻬뜨로비치는 지나칠 정도로 입술에 힘을 꽉 주며 말했다. 그는 자신의 말에 강력한 효과를 실어, 상대방을 느닷없이 곤란하게 하기를 좋아했다. 그다음, 그 말을 한 후에 상대방의 표정이 어떻게 변화하는지 곁눈질로 지켜보기를 아주 즐겼다.

"외투 하나에 150루블이라고!" 가엾은 아까끼 아까끼예비치가 소리를 질렀다. 항상 조용조용히 말하던 그였기 때문에 아마도 태어나서 처음으로 그렇게 큰 소리를 질렀을 터다.

뻬뜨로비치가 말했다. "그래요. 외투를 어떻게 만드느냐에 따라 더 붙기도 하지요. 옷깃에 담비 모피를 달고 모자에 비단 안감을 달면, 200루블까지도 갈 수 있어요."

"뻬뜨로비치, 제발……." 뻬뜨로비치의 말은 들리지 않는지, 아니면 들려도 안 들으려고 애쓰는지 아까끼 아까끼예비치는 애원하는 목소리로, "어떻게든 고쳐서 조금이라도 더 입게 해 주게나."

"절대로 안 돼요. 그랬다가는 일은 일대로 망치고 헛돈만 날려요."

단호한 뻬뜨로비치의 말을 뒤로하고 아까끼 아까끼예비치는 완전히 주눅이 들어 그곳을 나왔다.

그가 떠난 후에도 뻬뜨로비치는 입술에 힘을 꽉 주어 입을 다문 채로 있었다. 그는 재봉사로서의 자존심도 죽이지 않고 체면도 세웠다는 점에 혼자 만족해하면서 일도 하지 않고 오랫동안 서 있었다.

거리로 나온 아까끼 아까끼예비치는 꿈꾸는 기분이었다. "결국 일이 그렇게 됐군." 그는 혼자 중얼거렸다. "정말이지, 난 일이 이렇게 될 줄, 생각도 못 했어……." 한참 동안 아무 말이 없던 그가 다시 덧붙였다. "어떻게 이럴 수가! 결국 이렇게 되고 말았잖아. 그런데 일이 이렇게 되리라고 전혀 예상도 못 했다니." 그런 다음 다시 오랜 침묵이 계속된 후 그는 입을 열었다. "그렇게 되고 말았어! 예상하지도 못한 일인데…… 이런 일이 어떻게…… 일이 이렇게 되다니!" 이 말을 한 후 그는 집으로 가지 않고 완전히 반대쪽으로 아무 생각 없이 걸었다. 도중에 굴뚝 청소부가 더러운 몸으로 밀치는 바람에 한쪽 어깨에 온통 검댕이 묻고, 공사 중인 건물에서 석회 가루가 머리 위로 쏟아졌다. 하지만 그는 그런 것을 전혀 느끼지 못했고 결국 정신을 차린 것은, 경찰봉을 옆에 세워 두고 굳은살이 박힌 주먹 위에 뿔로 만든 담배 상자를 놓고서 코담배를 조금 덜어 내고 있던 경찰과 부딪치고 난 뒤였다. 경찰은, "어쩌자고 남의 코앞에 불쑥 나타나는 거야, 길이 안 보여?"라고 외쳤다. 이로 인해 주위를 둘러보게 된 그는 발길을 돌려 집으로 향했다. 그제야 그는 마음을 가다듬고 현재 자신이 처한 상황을 분명히 바라보게 되었다. 이제는 두서없이 중얼거리는 것이 아니라, 냉정하고 솔직하게 마치 속마음이나 은밀한 이야기까지 털어놓을 수 있는 사려 깊은 친구와 대화하듯이 자신과 이야기를 나누기 시작했다. "그래, 아무튼 안 되겠어." 아까끼 아까끼예비치가 말했다. "지금은 뻬뜨로비치와 부딪칠 필요가 없어. 그는 지금 그러니까…… 보아하니 마누라한테 맞은 듯해. 일요일 아침에 찾아가는 것이 더 낫겠어. 전날이 토요일이니 눈도 제대로 못 뜰 정도로 숙취에 시달릴 테고, 해장술을 마시고 싶어도 마누라가 돈을 줄 리 만무하거든. 바로 그때 내가 가서 10꼬뻬이까 은화 하나를 손에 쥐여 주면 금방 싹싹해질 테고 그러면 외투를 그저……." 혼자서 그렇게 머리를 굴리던 아까끼 아까끼예비치는 돌아오는 첫 일요일까지 기다렸다가 멀리서 뻬뜨로비치의 아내가 외출하는 모습을 확인하고 곧장 그에게로 갔다. 재봉사는 예상대로 토요일 밤을 술로 보낸 터라 눈의 초점이 흐려져 있었고 머리를 바닥에 처박은 채 비몽사몽이었다. 그런 와중에도 상황을 파악하고는 마치 귀신에 씐 것처럼 말했다.

"안 돼요, 새 외투를 맞추도록 하쇼."

아까끼 아까끼예비치는 10꼬뻬이까 은화를 하나 쥐어 주었다.

"나리, 감사합니다. 나리의 건강을 기원하며 한 잔 마시겠습니다." 하고 말한 뻬뜨로비치는, "외투 일은 걱정 마세요.

근사하게 새 외투로 지어 드릴 테니, 이쯤에서 얘기를 마무리 지어야겠습니다."

아까끼 아까끼예비치는 수선에 대해 몇 마디 하려 했지만, 뻬뜨로비치는 다 듣지도 않고 말했다.

"제가 새것으로 하나 반드시 해 드릴 테니 저만 믿으세요. 최선을 다해 보지요. 유행에 맞게 옷깃을 은도금한 단추로 채우도록 해 드릴 수도 있어요."

이제는 아까끼 아까끼예비치도 새 외투를 맞출 수밖에 없다는 것을 알고 한풀 꺾이고 말았다. 이제 사실 무슨 돈으로 어떻게 외투를 맞춘단 말인가? 물론 일부는 명절 보너스를 미리 가불해 쓰는 방법도 생각해 볼 수 있다. 그러나 그 돈도 다 쓸 곳을 따로 정해 놓았다. 새 바지도 구해야 하고 헌 장화에 새 가죽을 덧대느라 구두 수선공에게 빚진 것도 갚아야 했다. 셔츠 세 벌과 이런 데서 말하긴 민망하지만, 속옷 두 벌도 여자 재봉사에게 주문해야 했다. 한마디로 여기저기 돈 나갈 곳 투성이였다. 국장이 아주 관대하여 선심으로 40루블이 아니라 45루블이나 50루블을 보너스로 준다 해도, 다 쓰고 나면 남는 돈이라야 외투를 맞추기에는 새 발의 피일 정도로 시시한 푼돈일 터였다. 그는 뻬뜨로비치가 변덕이 심한 사람이라 가끔 터무니없는 값을 불러 그의 아내조차도 참다못해 이렇게 소리를 질러 대는 것을 알고 있었다.

"이런 바보, 정신이 나갔어! 언제는 형편없는 값에 일을 맡더니, 이젠 또 뭔 귀신이 들렸나, 주제넘게 그런 값을 부르고 그래!"

물론 뻬뜨로비치가 80루블을 받고도 일을 할 사람이라는 사실을 모르는 바는 아니다. 그렇다 해도 그 80루블은 대체

어디서 가져온단 말인가? 절반 정도라면 또 모르지, 그 정도
는 어떻게 구해 볼 수 있을 것도 같은데, 아니 어쩌면 반 이상
도 가능할지 모르지만, 그러면 나머지 반은 어디서? ……그러
니 무엇보다도 먼저 독자들은, 잠깐 아까끼 아까끼예비치가
비용의 절반을 대체 어디서 구할 수 있을지 알 필요가 있다.
아까끼 아까끼예비치는 조그만 상자를 열쇠로 잠가 두고 돈
을 쓸 때마다 거기서 조금씩 떼어 낸 몇 푼을 그 상자 뚜껑에
난 틈새로 넣어 두곤 했다. 그리고 반년에 한 번씩 모아진 동
전을 세어 보고 은전으로 바꾸어 두었다. 이미 오래전부터 해
온 일이니 몇 년이 흐르는 사이에 40루블 넘게 모였을 터다.
그러니 절반은 이미 수중에 있으나, 나머지 반을 어떻게 충당
할 것인가? 40루블이나 되는 돈을 어디서 구한단 말인가? 생
각하고 또 생각한 끝에 아까끼 아까끼예비치는 적어도 일 년
동안만이라도 생활비를 줄이기로 결심했다. 저녁마다 마시던
차도 끊고, 저녁에 촛불도 켜지 않고, 꼭 필요할 때는 주인 여
자 방에 있는 촛불을 사용하면 된다. 길에서는 되도록 살살 걸
어 다니고, 돌과 석판을 밟을 때는 조심조심 발끝으로 걷다시
피 하여 밑창이 빨리 닳지 않도록 주의하고, 속옷이 빨리 해지
지 않도록 세탁부에게 맡기는 횟수를 줄이고, 집에 돌아와서
는 속옷 대신 오래됐지만 아직 쓸 만한 목면 가운만 걸치고 살
기로 했다. 솔직히 말해서 처음엔 그런 내핍 생활에 적응하기
어려웠다. 그러나 차츰 익숙해지더니 어느덧 순조로워졌다.
나중엔 저녁을 굶는 것이 완전히 습관처럼 되어 버렸다. 그 내
신에 미래의 외투에 대한 끝없는 이상을 머릿속에 그려 보며
정신적인 포만감을 얻을 수 있었다. 이때부터 그 자신의 존재
가 보다 완전해진 것 같았고, 마치 결혼한 것 같기도 하였으

며, 다른 사람과 함께 있는 것 같았다. 그러니까 혼자가 아니라 일생을 함께하기로 결심한 마음에 맞는 유쾌한 반려자를 만난 것 같았다. 그 동반자란 다름 아니라, 두꺼운 솜과 해지지 않는 튼튼한 안감을 댄 외투였다. 그에겐 웬일인지 생기가 돌았고 이제 스스로 목표를 정한 사람처럼 성격이 보다 강인해졌다. 그의 얼굴과 행동에서 보이던 불안과 우유부단함이, 언제나 망설이기만 하던 불확실한 특징이 이제 사라졌다. 때때로 눈에서 불꽃이 보였고, 머릿속으로는 아주 뻔뻔스럽고 대담한 생각까지 하게 되었다. 그래, 옷깃에다가 담비 가죽을 달아 보면 어떨까? 이런 생각을 하게 되면서 그는 완전히 산만해졌다. 언젠가 한번은 서류를 정리하면서 간신히 실수를 모면하고, 거의 다 들릴 정도로 '이크!' 하는 외마디소리를 지르더니 십자가를 그었다. 그는 매달 한 번은 뻬뜨로비치에게 들러서 양복지는 어디서 사는 것이 낫고, 무슨 색으로 할 작정이며, 얼마나 주고 살 것인가 등 외투에 관한 이야기를 나누었다. 약간 우려는 하였으나 항상 만족한 기분으로 귀가했다. 돌아올 때 머릿속은 언젠가는 모든 것이 마련되고, 마침내 외투가 완성되는 날이 오리라는 생각으로 가득 찼다. 일은 예상보다 빨리 진행되었다. 40루블이나 45루블 정도에 불과하리라던 비관적인 예상과는 달리, 국장은 아까끼 아까끼예비치에게 60루블이나 되는 보너스를 주었다. 아까끼 아까끼예비치에게 외투가 필요하다고 느낀 것인지, 정녕 우연인지는 모르겠으나 생각지도 않게 20루블이 거저 생긴 것이었다. 그런 사정 때문에 일의 속도가 더 빨라졌다. 두세 달 더 굶주린 끝에 아까끼 아까끼예비치는 80루블 정도의 돈을 모았다. 언제나 평온하기만 하던 그의 심장이 고동치기 시작했다. 돈이 모인 바로 그 첫날, 그는 뻬뜨로비치와 함께 상점에 갔다. 아주 훌륭한 양복지를 골라서 샀다. 이미 오래전부터 생각해 온 일인데다 지난 육 개월 동안 한 달이 멀다 하고 상점을 들락거리며 값을 흥정해 왔기에 가능한 일이었다. 뻬뜨로비치도 직접 이보다 더 좋은 옷감은 없을 거라며 거들었다. 안감용으로는 옥양목을 골랐다. 뻬뜨로비치의 말에 의하면 질긴 걸로 보나 촘촘한 걸로 보나 그만한 옷감은 비단 중에서도 찾기 힘들 뿐만 아니라 윤이 반지르르한 것이 보기에도 좋다고 했다. 담비 가죽은 너무 비싸서 사지 않기로 했다. 그 대신에 가게에 막 들어온 질 좋은 상품(上品) 고양이 가죽을 샀는데, 멀리서 보면 담비 가죽으로 보일 수 있을 것 같았다. 뻬뜨로비치는 다 해서 이 주 만에 외투를 완성했다. 그나마 솜 넣는 일만 아니었다면, 더 빨리 끝냈을 것이다. 그 일로 그가 받은 돈은 12루블이었다. 더 이상 깎는 것은 불가능했다. 명주실로 야무지게 바느질한 데다 이음새 부분은 이중으로 박음질하고 바느질한 후에는 전부 자신의 이빨로 모양을 잡았기 때문이다.

정확히 어느 날이었다고 말하기는 어렵지만, 뻬뜨로비치가 마침내 외투를 들고 온 그날이 아까끼 아까끼예비치의 생애에서는 가장 장엄한 날이었을 터다. 뻬뜨로비치는 아까끼 아까끼예비치가 출근하기 바로 직전에 외투를 가져왔다. 마침 강추위가 시작된 데다 날씨는 점점 더 추워졌기 때문에 외투를 입기에는 더없이 안성맞춤이었다. 뻬뜨로비치는 훌륭한 개번사의 예를 갖추어 외투를 들고 나타났다. 그는 아까끼 아까끼예비치가 지금까지 한 번도 본 적이 없는 엄숙한 표정을 지었다. 그는 자신이 뭔가 대단한 일을 해냈음을 마음속 깊이 느꼈다. 단순히 안감이나 대고 수선이나 하는 바느질장이

와는 확실하게 구별되는, 새 옷을 만드는 재봉사만이 지닌 깊이를 스스로 보여 주는 것 같았다. 그는 보자기용 수건에서 외투를 꺼내어 내밀었다. 그 보자기 수건은 세탁부가 막 배달해 온 것으로, 나중에 쓸 생각으로 접어서 주머니에 집어넣었다. 외투를 들어 아주 자랑스럽게 한 번 살펴보고는 양손으로 아까끼 아까끼예비치의 어깨에 꼭 맞게 얹은 다음, 뒤쪽을 잘 당겨서 손으로 아래쪽까지 한 번 훑어본 뒤 단추를 열어 놓은 채 앞을 여며 주었다. 아까끼 아까끼예비치는 나이 든 사람답게 팔을 껴 보고 싶어 했다. 뻬뜨로비치가 도와주었는데 입고 보니 소매도 아주 잘 맞았다. 한마디로 말해 외투가 아주 잘 맞게 만들어진 것이었다. 그는 간판 없이 조그만 동네에서 장사를 하는 데다 서로 안면이 있고 하니 이렇게 싼값에 해 준 것이라는 말을 잊지 않았다. 또 뻬뜨로비치는 네프스끼 거리에서 장사를 했다면 한 번 수공(手工)에 75루블은 받았을 것이라는 말도 빼놓지 않았다. 아까끼 아까끼예비치는 그 문제에 대해서 더 이상 뻬뜨로비치와 다투고 싶지 않았고, 게다가 뻬뜨로비치가 또 아무렇지도 않게 엄청난 값을 부를까 봐 조마조마했다. 그는 돈을 지불하고 감사의 말을 건넨 후에, 그 자리에서 새 외투를 입고 출근길에 나섰다. 뻬뜨로비치도 따라 나와 길에 서서 멀리 사라져 가는 외투를 한참 동안 바라보다가 일부러 샛길로 들어가 골목을 돌아 앞질러 가서는 이번엔 정면에서 자신이 만든 외투를 살펴보았다. 그러는 동안 아까끼 아까끼예비치는 축제를 즐기는 기분으로 걸어갔다. 그는 어깨 위에 외투가 있다는 사실을 매 순간 느꼈고, 몇 번씩 혼자 좋아서 싱긋 웃기도 했다. 사실 새 외투가 좋은 데는 두 가지 이유가 있었다. 하나는 따뜻하다는 점이고, 다른 하나는 기분이 좋다는 것이다. 어떻게 출근을 했는지 깨닫지도 못하는 사이에 어느새 관청에 도착했다. 그는 경비실에서 외투를 벗어 들고 이리저리 살펴본 다음, 귀중품 보관 창구에 맡겼다. 다들 어떻게 알았는지 모르지만 아까끼 아까끼예비치가 새 외투를 맞춰 입어서 더 이상 해진 옷을 입고 다니지 않다는 소문이 온 관청 내에 퍼졌다. 그러자 모두 아까끼 아까끼예비치의 새 외투를 구경하러 경비실로 모여들었다. 축하와 환영의 인사가 쏟아졌다. 처음에 그는 그저 웃고만 있었으나 그다음에는 좀 쑥스러워지기까지 했다. 모두들 한꺼번에 몰려와서 새 외투를 위해 기념 축배를 들든지, 하다못해 파티라도 열어야 한다고 떠들어 댔다. 그러자 아까끼 아까끼예비치는 어떻게 대답을 해서 이 상황을 그럴듯하게 모면할 수 있을지 고민했고 급기야 당황하여 몸 둘 바를 몰랐다. 몇 분이 지나자 그의 얼굴이 완전히 붉어지더니 아주 순진하게 둘러대기 시작했다. 이것은 완전히 새 외투가 아니라, 이런저런 이유에서 헌 외투라고 말하기 시작했다. 마침내 관리 중 하나인 계장 대리인가 하는 이가 자신은 아랫사람과도 격의 없이 지내는 겸손한 사람이라는 점을 과시하고 싶어서인 듯, 다음과 같이 말했다. "자, 그럼 아까끼 아까끼예비치를 대신해 제가 오늘 파티를 열어 드릴 테니, 모두 저희 집에 와서 차나 함께 드시지요. 마침 오늘이 제 명명일[21]입니다." 관리들은 자연스럽게 그 계장 대리

---

21 러시아에서 신생아는 정교회 풍습에 따라 명명일(命名日)을 갖는다. 부모는 아이가 태어난 후 8일이 지나면 성인 달력(정교회 달력)에서 아기의 이름을 선택한다. 일반적으로 아기의 탄생일과 가까운 성인의 날에서 가장 마음에 드는 성인의 이름을 취하여 아이의 이름으로 정한다. 이날이 바로 이름이 주어진 명명일이다. 그래서 명명일은 생일보다 중시된다.

에게 축하 인사를 하고, 모두 기꺼이 초대에 응했다. 처음에 아까끼 아까끼예비치는 거절했다. 모두들 무례한 짓이라느 니 부끄럽고 창피한 일이라느니 하는 말들을 해 대자 더 이상 거절할 수가 없었다. 그러나 곧이어 저녁 무렵까지 새 외투를 입고 다닐 일이 생겼다는 생각이 들자 다시 즐거워졌다. 이날 은 아까끼 아까끼예비치의 생애에서 최고의 날이었다. 그는 집에 돌아와서도 여전히 기쁜 마음으로 외투를 벗어 조심스 럽게 벽에 걸고 겉감과 안감을 다시 한 번 감상한 다음, 일부 러 다 떨어진 헌 외투를 다시 꺼내 비교해 보았다. 그것을 보 자 그 자신도 웃음이 나왔다. 어쩌면 이렇게 차이가 날까! 그 러고 나서 한참 후 식사하는 동안에도 옛날 외투의 낡은 모습 만 생각하면 입가에 미소를 띠지 않을 수 없었다. 즐거운 기분 으로 식사를 마친 뒤에도 늘 하던 정서 작업은 할 생각도 않 고, 어두워질 때까지 침대 위에서 빈둥거렸다. 그다음 그는 서 둘러 옷을 챙겨 입고 어깨에 외투를 걸치고는 밖으로 나왔다. 유감스럽게도 초대한 관리가 어디에 사는지는 밝히기가 어렵 다. 왜냐하면 우리의 기억이 이제 예전과 같지 않은 데다 뻬쩨 르부르그 시내의 거리며 건물이며 모든 것이 머릿속에서 너 무 뒤엉켜, 뭐랄까 가는 길을 제대로 떠올린다는 것이 몹시 힘 들어졌기 때문이다. 어쨌든 적어도 한 가지 확실한 것이 있다 면, 그 관리는 시내에서도 비교적 잘사는 지역에서 살았으므 로 아까끼 아까끼예비치의 집과는 가깝지 않았다. 아까끼 아 까끼예비치는 먼저 희미한 불빛이 비치는 어떤 인적 드문 거 리를 지나야 했는데 초대한 관리의 집에 가까워질수록 거리 는 점점 활기를 띠었다. 사람도 많아졌고 훨씬 밝아졌다. 행인 들의 발길도 잦아졌고, 예쁘게 차려입은 여자들과 옷깃에 비버 털을 두른 남자들도 돌아다니기 시작했다. 도금된 못을 박은 격자 모양의 썰매를 혼자 끌고 가는 사람은 별로 눈에 띄지 않았고, 그 대신 어딜 보나 검붉은 벨벳 모자를 쓴 마부, 래커 칠이 된 썰매, 곰의 털로 된 모포로 깨끗하게 정돈된 마부석이 달린 사륜마차들이 눈 위에서 미끄러지는 바퀴 소리를 내며 거리를 질주하였다. 아까끼 아까끼예비치는 이 모든 것을 처음 보는 것처럼 바라보았다. 벌써 몇 년 동안 저녁 시간에 거리에 나가 본 적이 없었다. 그는 환하게 불이 켜진 가게 진열장 앞에 멈춰 서서, 장화를 벗어 들고 잘 빠진 한쪽 다리를 다 드러낸 아름다운 여자가 그려진 그림을 신기한 듯 바라보았다. 그림 속 여자의 등 뒤로 난 다른 방문을 통해 구레나룻과 멋진 턱수염을 기른 남자가 머리를 내밀고 있었다. 아까끼 아까끼예비치는 머리를 설레설레 저으며 미소를 짓고는 가던 길을 재촉했다. 왜 그가 미소를 지었던 것인지, 처음 보기는 하지만 누구나 직감으로 감지하는 그런 것 때문인지, 아니면 다른 관리들처럼 '이런, 프랑스 것들이란! 그저 나오는 대로 숨길 줄을 모르니…….'라고 생각을 했기 때문인지 알 수 없다. 아마 그런 생각조차 안 했을지도 모른다. 사람의 정신을 들여다보고, 그가 무슨 생각을 하는지 죄다 알아낼 수는 없기 때문이다. 마침내 계장 대리가 사는 집에 도착했다. 계장 대리는 호화롭게 살았다. 그 집은 2층에 있었고, 계단엔 등이 켜져 있었다. 현관에 들어선 아까끼 아까끼예비치는 바닥에 죽 늘어선 덧신들을 보았다. 그 신의 빈 한가운데에서는 사모바르[22]가 부연 김을 뿜으며 끓는 소리를 냈다. 벽에는 온통 외투

---

22 '사모바르(samovar)'는 러시아 특유의 전통 주전자다. 구리나 은으로 만든 둥근

와 망토들이 걸려 있었는데, 그중에는 비버 털이 달리거나 옷 깃에 벨벳을 댄 것도 있었다. 벽 너머로 떠들썩한 소리가 들렸고, 그 소리가 갑자기 크고 분명해졌다. 그 순간 문이 열리며 하인이 쟁반에 빈 유리잔, 크림 그릇, 과자 바구니를 얹어 가지고 나왔다. 모인 지가 벌써 오래되어 차 한 잔씩을 마신 모양이었다. 아까끼 아까끼예비치가 외투를 벗어 팔에 걸고 방에 들어서자, 그 앞에 있는 촛불, 사람들, 파이프, 카드용 탁자 등이 한순간에 눈에 들어오면서 사방에서 떠들어 대는 소리와 의자 움직이는 소리에 귀가 먹먹해졌다. 그는 어찌할 바를 모르고 어정쩡하게 방 한가운데 서 있었다. 하지만 이내 그를 알아본 사람들이 소리를 지르며 환호했고 그의 외투를 다시한 번 보기 위해 다들 일어나 현관으로 갔다. 아까끼 아까끼예비치는 약간 당황하긴 했어도 본시 순진한 사람인지라 다들한마디씩 외투를 칭찬하자 기쁨을 감추지 못했다. 물론 그런다음 모두 아까끼 아까끼예비치와 외투를 팽개친 채, 아무 일도 없었다는 듯 다시 카드놀이용 탁자로 향했다. 소음, 떠들썩함 그리고 사람들이 전부였다. 이 모든 것이 아까끼 아까끼예비치에게는 낯설기만 했다. 손은 어디에 두고 다리는 어디에 두어야 할지, 자신의 몸 전체를 어떻게 해야 할지 몰랐다. 결국 그는 카드놀이를 하는 사람들 곁에 앉아 카드를 들여다보기도 하고, 이 사람 저 사람의 얼굴을 바라보기도 했다. 그러나 얼마 지나지 않아 하품이 나고 지루해지기 시작했을 뿐 아니라 평소 잠자리에 들던 시간이 훨씬 지났음을 알게 되었다. 그는 주인에게 인사를 하고 나오고 싶었지만, 주인은 새 옷을

그릇 중앙에 세로로 관을 장치하고 그 속에 숯불을 넣어서 물을 끓인다.

기념하여 샴페인을 마셔야 한다며 놓아 주지 않았다. 한 시간 후에 샐러드, 차게 먹는 송아지 요리, 고기 파이, 만두에 샴페인을 곁들인 식사가 나왔다. 억지로 두 잔이나 마신 아까끼 아까끼예비치는 방 안 분위기가 더 흥겹게 느껴졌다. 그러나 벌써 12시가 되었고 집에 갈 시간이 훨씬 지났다는 사실만은 결코 잊을 수가 없었다. 주인이 잡을까 봐 조용히 방을 빠져나온 그는 현관에서 자신의 옷을 찾다가 가슴 아프게도 바닥에 떨어진 외투를 발견하고 먼지를 잘 털어 낸 다음, 어깨에 걸치고 계단을 내려와 거리로 나섰다. 거리는 여전히 환했다. 하인들을 비롯해 온갖 인간이 다 모이는 작은 선술집은 아직 열려 있었다. 문틈으로 기다란 불빛이 한 줄기 새어 나오는 모습으로 보아, 아직 가지 않은 손님들이 있는 것이 분명했다. 부잣집 하인, 하녀 들이 주인들이 모르는 사이에 그 술집에서 모여 수다를 떨고 있었다. 아까끼 아까끼예비치는 즐거운 마음으로 길을 걷다가 번개처럼 휙 지나가는 모르는 여자를 아무 이유 없이 갑자기 뒤쫓아 가기도 했다. 그의 몸 전체가 특별하게 움직였다. 하지만 그러다가도 대체 어디서 그런 민첩함이 나왔는지 스스로도 놀라 멈춰 서곤 했다. 곧 아까 본 그 황량한 거리가 다시 눈앞에 펼쳐졌는데, 낮에도 적막한 거리였지만 밤에는 더 그랬다. 지금 거리는 한층 황량하고 한적했다. 가로등도 기름이 적은지 간간이 깜빡거렸다. 울타리가 쳐진 목재 건물들을 지나치며 본 것이라곤, 길가에 반짝이는 눈과 야트막한 기다란 담의 시커먼 덩치 외에는 아무것도 없었다. 그는 길을 건너 마침내 끝없이 넓어 보이는 광장에 다다랐고, 그 광장 너머로 멀리 집들이 보였다. 어쩐지 그 광장이 섬뜩하리만큼 삭막해 보였다.

어딘지 모르지만, 멀리 어딘가에서 반짝반짝 빛을 발하는 초소가 마치 이 세상의 끝에 있는 것처럼 느껴졌다. 여기선 아까끼 아까끼예비치의 기쁨이 어쩐지 시들었다. 그는 광장에 들어서면서 마치 뭔가 기분 나쁜 일이라도 예감한 듯 걷잡을 수 없는 두려움에 사로잡혔다. 그는 뒤를 한 번 돌아보고, 사방을 둘러보았다. 주변은 그대로 어둠의 바다뿐이었다. '안 보는 게 낫겠다.'라는 생각에 눈을 감고 걷던 그가 광장 끝에 다 왔는지 어떤지 알기 위해 눈을 떴을 때, 그의 앞에, 그것도 바로 코앞에 콧수염이 난 사람들이 불쑥 나타났다. 이들이 어떤 인물들인지 전혀 구분이 되지 않았다. 눈앞이 캄캄해지고 가슴이 뛰었다. "외투는 내 거야!" 그중 한 사람이 아까끼 아까끼예비치의 덜미를 잡으며 위협조로 말했다. 아까끼 아까끼예비치가 '사람 살려.'라고 외치려고 할 때, 이번에는 다른 사람이 그의 머리통만 한 주먹을 들이대며 "소리만 질러 봐라!" 라며 위협했다. 아까끼 아까끼예비치는 외투가 벗겨지고 무릎을 발길질당해 그만 눈 위로 벌렁 나자빠져 정신을 잃고 말았다. 몇 분 후에 그가 정신을 차리고 일어섰을 때, 주위에는 이미 아무도 없었다. 한기를 느낀 그는 외투가 없어졌다는 사실을 깨닫고 소리를 지르기 시작했지만 광장 끝까지 들릴 거라고는 생각할 수 없었다. 쉬지 않고 외쳐 대며 미친 듯이 광장을 가로질러 달린 그는 초소에 도달했다. 초소 옆에 창을 받치고 서 있던 보초는 대체 어떤 인간이 멀리서 소리를 지르며 달려오는지 알고 싶은 듯 호기심을 갖고 그를 바라보았다. 보초에게 다가간 아까끼 아까끼예비치는 숨을 헐떡이며 강도를 당했는데 그것도 안 보고 뭐했느냐, 조느라고 못 본 것 아니냐 며 큰 소리로 외쳤다. 보초는 아무것도 보지 못했고, 어떤 두 사람이 그를 광장 한가운데 멈춰 세우는 장면을 보고 친구들인가 하고 생각했다, 그렇게 소리만 질러 댈 것이 아니라 내일 파출소장을 찾아가 누가 외투를 가져갔는지 찾아달라고 하는 게 낫다고 말해 주었다. 아까끼 아까끼예비치는 완전히 정신 나간 사람처럼 집에 돌아왔다. 별로 많지도 않은 머리털은 관자놀이와 뒤통수에 제멋대로 헝클어져 붙어 있었다. 옆구리, 가슴, 바지 할 것 없이 온통 눈투성이였다. 집주인 노파는 문을 무섭게 두드리는 소리를 듣고 서둘러 일어나 한쪽 발에만 신발을 신고 달려 나와 두려움에 가슴을 움켜쥐고서 살며시 문을 열었다. 그러나 문 앞에 서 있는 아까끼 아까끼예비치의 모습을 보자 뒤로 한 걸음 물러섰다. 그가 사정을 다 말했을 때, 노파는 흥분하여 손을 치며 파출소장 따위에게 가 봐야 찾아 주겠노라고 약속만 하고 늑장을 부리기가 일쑤니 경찰서장을 직접 찾아가 보라고 일러 줬다. 노파 자신도 경찰서장을 알고 있다고 했는데, 사실 전에 자기 집에서 부엌일을 하던 핀란드 여자인 안나가 요즘 서장의 집에서 아이 돌보는 일을 해서, 서장이 집 앞을 지나갈 때 직접 보기도 했다는 것이었다. 일요일마다 교회에 기도하러 가서 때때로 사람들을 흐뭇하게 둘러보는 것이 어느 모로 보나 좋은 사람임이 분명하다고 했다. 다 듣고 난 아까끼 아까끼예비치는 우울하게 방 안을 걸어 다녔다. 그날 밤 그가 어떻게 지냈는지는 다른 사람의 입장에 서서 생각할 줄 아는 사람이라면 누구나 짐작할 수 있을 터디. 이튿 일찍 그는 경찰서장을 찾아갔다. 그러나 서장은 아직 잔다고 했다. 10시에 다시 갔더니 역시 아직 잔다고 했다. 그래서 11시에 찾아갔더니 서장이 집에 없다고 했다. 점심 시간에 갔더니 현관에 있던 서기들이 무슨 일로 왔으며 원하는

것이 무엇이고 무슨 일이 있었는지 밝혀야 한다며 들여보내
주지 않았다. 마침내 아까끼 아까끼예비치도 난생처음 성깔
을 내며, 서장을 직접 만나 말씀드려야 하는데 감히 들여보내
지 않다니 도무지 있을 수 없는 일이라며, 자신은 관청에서 공
무로 왔고 모두 고발해 버릴 테니 두고 보자고 단호히 말했다.
이에 반해서 서기들은 아무 말도 하지 못했고 그중 하나가 서
장을 부르러 갔다. 서장은 웬일인지 외투 강도 사건에 대해 아
주 이상한 반응을 보였다. 중요한 문제에는 관심을 두지 않고,
그는 아까끼 아까끼예비치를 심문하기 시작했다. 왜 그렇게
늦게 귀가했으며, 점잖지 못한 집에 간 것은 아닌지 물었다.
머릿속이 완전히 어지러워진 아까끼 아까끼예비치는 외투 사
건이 소정의 절차를 밟게 될지 어떤지조차 확실히 알지 못한
채 그곳을 나오고 말았다. 그날 하루 종일 그는 관청에 나타나
지 않았다.(생전 처음 있는 일이었다.) 다음 날 그는 창백해진 모
습으로 더더욱 초라해 보이는 헌 외투를 입고 출근했다. 외투
강도 이야기에 기회를 놓칠세라 아까끼 아까끼예비치를 비웃
는 사람들도 있었지만, 많은 사람들이 그를 동정했다. 그를 위
해 모금을 하자는 의견이 있었다. 그러나 국장의 초상화를 주
문하고, 부장의 지인이 썼다는 무슨 책인가를 구입해야 했다.
그런 일에 주머니가 가벼워지는 관리들인지라 모은 돈은 푼
돈에 불과했다. 그중 누군가가 동정심에 이끌려, 적어도 그를
도울 수 있는 충고라도 한마디 하겠다며 경찰서장에게는 가
지 않는 편이 좋다, 경찰서장은 상부에 실적을 올리려고 어떻
게 해서든 외투는 찾아내겠지만 만약 필요한 법적 서류들을
갖추지 못한다면 외투를 찾기는커녕 경찰서에 그대로 방치될
수도 있다, 그러니 차라리 누군가 고위층 인사를 찾아가서 급

히 손을 쓰도록 하면 일이 잘 해결될 거라고 권했다. 별수 없이 아까끼 아까끼예비치는 고위층 인사를 찾아가 보기로 했다. 이 고위층 인사가 어떤 직책의 무슨 일을 하는 사람인지는 아직까지 밝혀지지 않았다. 얼마 전까지만 해도 그냥 별 볼 일 없는 자리에 있다가 바로 최근에 중요 인사가 되었다는 점만은 알 필요가 있다. 아울러 지금 그의 지위 역시 다른 중요한 자리에 비하면 덜 중요한 지위라고 할 수 있었다. 하지만 다른 사람들이 보기에 별 볼 일 없는 자리를, 대단히 중요하게 여기는 사람들도 늘 있기 마련이다. 어쨌든 그는 자신의 중요성을 강화하기 위해 여러 가지 수단을 다 동원했다. 예컨대 부하 관리들로 하여금 자신이 출근할 때 층계까지 나와서 맞이하도록 한다든지, 자신을 만나러 오는 사람들이 누구든 직접 방으로 들어오지 못하게 하고 반드시 경비원을 통하도록 한다든지, 14급은 12급에게, 12급은 9급이나 아니면 다른 관등에게 각각 보고하게 하여 마지막에 자신에게 보고가 들어오도록 하는 것이었다. 그런 식으로 신성한 러시아 땅에서 이미 무엇이든 모방하는 병이 만연하다 보니, 모두들 자신의 상관을 본받아 눈살을 찌푸리게 되었다. 심지어 어떤 9급은 조그만 부서의 책임을 맡게 되자, 칸막이로 된 자신의 방을 만들어 '집무실'이라고 이름을 짓더니 문 앞에는 붉은 옷깃에 넥타이를 매고 방문객에게 문을 여닫아 주는 안내원까지 세워 뒀다고 하는데, 그 '집무실'이라는 것도 보통 크기의 책상이 겨우 들어갈 만한 넓이였다고 한다. 이 고위층 인사의 행동 양식과 습관은 빈틈없고 위풍당당했으나 복잡하지는 않았다. 그가 가장 중요시하는 체계는 엄격함이었다. "엄격, 엄격, 또 엄격." 이렇게 그는 보통 때도 외우고 다녔고 특히 마지막 단어를 발음할 때는 상대방의 얼굴을 아주 의미심장하게 바라보았다. 사실 그것은 아무 명분 없는 행동이었는데도, 열 명 남짓한 부서의 관리들은 안 그래도 으레 공포에 질려 있는 사람들이라 멀리서 그를 보기만 해도 하던 일을 멈추고 부동자세로 서서 상관이 방을 다 지나갈 때까지 기다렸다. 아랫사람들과의 일상적인 대화에서도 역시 엄격함이 드러나 거의 세 마디 이상 이어지지 않았다. "어떻게 감히 이럴 수가 있나? 누구와 이야기하고 있는지 알고나 있나? 누구 앞인지 아느냐는 말일세?" 하지만 그도 마음은 선량하여 동료들에게는 친절하고 좋은 사람이었는데, 장관이라는 직위가 그를 완전히 바꿔 버렸다. 장관직을 얻은 다음부터 그는 혼란에 빠져 갈팡질팡하더니 어떻게 처신해야 할지 완전히 갈피를 잡지 못했다. 비슷한 지위의 사람들 사이에서는 여전히 점잖고 예의 바르게 행동했으며, 대부분의 경우 현명하게 처신했다. 하지만 자신보다 한 직급이라도 아래인 사람들과 함께하는 자리에서는 아주 졸렬할 정도로 단순해졌다. 입을 꼭 다물어 버려 남들 보기에도 딱했을 뿐 아니라, 그 자신도 이를 깨닫고 훨씬 더 재미있는 시간을 보낼 수도 있었을 텐데, 라고 아쉬워할 정도였다. 종종 그의 눈에서 재미있는 대화나 무리에 끼고자 하는 간절한 소망을 읽을 수 있었지만 그의 생각은 정체되어 있었다. 너무 넘치게 베푸는 것은 아닐까, 너무 격이 없어지지 않을까, 그러다가 품위가 손상되지 않을까? 하는 사고방식 탓에 그는 언제나 한결같이 침묵을 지켰고, 가끔 짤막하게 한마디씩 내뱉는 말이 전부였으므로 결국에는 따분한 인간이라는 오명을 얻게 되었다. 바로 이런 사람을, 우리의 아까끼 아까끼예비치가 찾아간 것이다. 그것도 가장 안 좋은 때에 찾아갔으니, 이

고위층 인사에게는 마침 적시에 나타나 준 것이지만, 그 자신에게는 사실 최악의 순간이었다. 고위층 인사는 자신의 사무실에서, 오랫동안 만나지 못했다가 바로 얼마 전에 찾아온 어린 시절의 오랜 지기와 더없이 유쾌한 대화를 나누고 있었다. 이때 바쉬마취긴이라는 사람이 찾아왔다는 보고가 들어왔다. 그는 짤막하게 물었다. "누구야?" 그러자 "무슨 관리랍니다."라는 대답이었다. "아, 그래! 기다려야겠는데, 지금은 바쁘니까." 고위층 인사가 말했다. 여기서 이 인사말이 거짓말임을 밝히지 않을 수 없다. 그는 이미 친구와 장시간 여러 가지 이야기를 나누었고, 이미 한참을 아무 말 없이 있다가 그저 서로의 넓적다리를 툭툭 치며 "그렇게 됐군, 이반 아브라모비치!", "그러게, 스쩨빤 바를라모비치."라고 입을 떼는 것이 고작이었다. 하지만 그럼에도 불구하고 찾아온 관리를 기다리게 함으로써, 관직을 떠나 오랫동안 시골에 묻혀 지내던 친구에게 자신을 만나러 온 관리를 얼마나 오래도록 현관에 세워 둘 수 있는가를 과시하고 싶었던 것이다. 마침내 잡담을 실컷 하고 흡족한 기분으로 한참 입을 다물고 있다가, 등이 젖혀지는 안락한 의자에서 담배까지 피운 다음에야 그는 마치 갑자기 생각나기라도 한 듯 문가에 보고서를 들고 서 있는 비서에게 말했다. "그래, 거기 관리 하나가 기다리는 것 같은데, 들어와도 좋다고 하게." 아까끼 아까끼예비치의 겸손해 보이는 외모와 낡은 제복을 발견한 고위층 인사는 느닷없이 그를 향해 고개를 틀며 빌했다. "무는 일인가?" 헌 식위와 상판식을 얻기 일주일 전부터 방에서 혼자 거울을 보고 일부러 연습하여 익혀 놓은, 딱딱 끊어지는 정확한 음성이었다. 아까끼 아까끼예비치는 미리 어느 정도 겁을 먹고 최선을 다해 언변이 당

는 대로 평소보다 더 자주 '저……'를 섞어 가며 완전히 새것
인 외투를 무지막지하게 강탈당한 경위를 설명하였다. 총감
이나 다른 누군가가 외투를 찾아 주도록 청원을 좀 해 주십사
하고 찾아왔다고 말했다. 장관은 왠지 모르게 그 같은 친숙한
태도가 버르장머리 없게 느껴졌다.

"귀관, 도대체 뭐하는 사람이오?" 그는 띄엄띄엄 말을 이
었다. "절차도 모르나? 어디에 들른 거요? 일을 어떻게 처리
해야 하는지도 몰라? 그런 일이라면 먼저 관공서에 문서로 제
출했어야지. 그러면 관공서에서 계장과 부장을 거쳐 비서에
게 전달될 테고, 그다음 비서가 내게 보고할 텐데……."

"하지만 각하……." 아까끼 아까끼예비치는 겨우 그나마
얼마 되지도 않은 정신을 수습하려고 애쓰며 말했다. 그때에
땀이 무섭게 흐르는 것을 느꼈다. "각하께 감히 폐를 끼치고
자 결심한 것은 사실 그 비서라는 사람들을 좀 믿을 수가 없어
서……."

"뭣이 어쩌고 어째?" 고위층 인사가 말했다. "어디서 그
런 정신 상태를 갖게 됐나? 그런 생각은 대체 어디서 나온 거
야? 젊은이들이 상관이나 윗사람 앞에서 이렇게 난폭하게 굴
다니!" 아마 이 고위층 인사는 아까끼 아까끼예비치가 이미
오십 줄에 들어섰다는 사실을 눈치채지 못한 것 같았다. 그러
니까 만일 상대적으로 젊은이라고 불릴 수 있으려면, 그것은
그가 일흔 살 먹은 노인과 비교될 때뿐이었다.

"지금 얘기하는 사람이 누구인지 아나? 누구 앞인지 아
느냐고? 도대체 알기나 해, 알기나 하느냐는 말일세? 대답해
봐."

이 순간 그는 발을 구르며 아까끼 아까끼예비치가 아닌

다른 사람이라도 무서워할 정도로 언성을 높였다. 아까끼 아까끼예비치는 넋이 나간 사람처럼 비틀거렸고 몸이 떨려 제대로 서 있을 수조차 없었다. 만일 경비원이 달려와 그를 부축하지 않았더라면, 아마 그 자리에서 쓰러졌을 것이다. 그는 거의 움직이지 못하는 지경이 되어 실려 나갔다. 기대 이상의 효과에 만족한 고위층 인사는 자신의 말 한마디로 사람의 정신까지 빼놓을 수 있다는 생각에 완전히 도취되어 곁눈질로 친구의 반응을 살폈다. 자신의 친구조차 어쩔 줄 모르고 공포감마저 느끼기 시작하는 모습을 보고 그는 또 한 번 만족했다.

어떻게 계단을 내려와 밖으로 나왔는지 아까끼 아까끼예비치는 하나도 기억할 수 없었다. 그는 아무 소리도 듣지 못했다. 장관에게, 그것도 다른 관청에 있는 사람에게 그렇게 호되게 혼난 것은 평생 처음이었다. 그는 입을 벌린 채 거리에 쌩쌩 몰아치는 눈보라 속을 걸었다. 뻬쩨르부르그의 흔한 바람이 골목마다, 온통 사방에서 불어왔다. 순식간에 그의 목에 후두염이 생겼다. 집에 돌아왔을 때는 말 한마디 할 힘도 없었다. 온몸이 퉁퉁 부어오른 채로 침대에 쓰러졌다. 당연한 질책이 때때로 얼마나 엄청난 위력을 발휘하는지! 그다음 날 그는 심한 고열에 시달렸다. 뻬쩨르부르그의 가혹한 날씨 때문인지 병은 예상보다 빠르게 진행되었다. 의사가 불려 와 맥을 짚었을 때는 이미 손을 써 볼 수도 없게 악화된 상태였다. 의사는 환자가 의료 혜택도 받아 보지 못하고 방치되어서는 안 되겠다는 생각에서 찜질은 처방했을 뿐이었다. 그나마 반나절이 지나자 피할 수 없는 최후의 순간이 왔다. 그러자 의사가 주인집 노파에게 말했다. "이봐요, 할멈, 그렇게 멍하니 시간만 보내지 말고 지금 소나무 관이라도 주문해 주시오. 이 사람

형편에 참나무 관은 너무 비쌀 테니." 아까끼 아까끼예비치가
너무나 치명적인 그 말을 들었는지, 만약 들었다면 그 말에 그
가 엄청난 충격이라도 받았는지, 아니면 자신의 팔자를 개탄
하지는 않았는지, 여기에 대해서는 환자가 내내 열에 들떠 헛
소리만 해 댔으므로 전혀 알 수가 없다. 그는 계속해서 헛것을
보았다. 그는 뻬뜨로비치에게 도둑 잡는 덫이 달린 외투를 만
들어 달라고 주문하였다. 침대 밑에 숨어 있는 도둑들의 기척
을 계속 느끼면서 매번 주인 노파를 불러 모포 밑에 숨어 있는
도둑을 끌어내라고 하는가 하면, 왜 새 외투가 있는데 헌 외투
를 눈앞에 걸어 두었는지 묻기도 했다. 또 판에 박힌 꾸지람을
들으며 장관 앞에 서 있는 듯 "각하, 죄송합니다."를 반복하였
다. 마침내 입에 담기 어려운 말을 지껄이며 그는 발광을 하였
다. 살아생전 그런 말을 들어 본 적이 없는 노파는 성호를 긋
기까지 했다. 그다음엔 반드시 '각하'라는 호칭을 붙였다. 이
후 그의 입에서 나오는 소리들은 전혀 말이 되지 않는 것들뿐
이어서 도무지 이해할 수가 없었다. 단지 정신없이 튀어나오
는 말이나 생각들이 전부 하나같이 외투와 연관되어 맴돈다
는 점만을 알 수 있을 따름이었다. 마침내 불쌍한 아까끼 아까
끼예비치는 숨을 거두고 말았다. 그의 방도, 다른 물건들도 봉
인하지 않았다. 첫째로 상속인도 없고, 둘째로 유품도 얼마 되
지 않았다. 유품이라고 해 봐야 거위 깃털 펜 한 다발, 관공서
서식 용지 한 묶음, 양말 세 켤레, 바지에서 떨어진 단추 두세
개 그리고 이미 독자들이 잘 알고 있는 실내복 같은 헌 외투가
전부였기 때문이다. 이것들이 다 누구 손에 들어갔는지는 알
수 없다. 이야기를 하는 사람으로서도 그다지 알고 싶지 않은
일이다. 아까끼 아까끼예비치의 시신은 어디론가로 옮겨져

매장되었다. 그리고 더 이상 뻬쩨르부르그에 아까끼 아까끼예비치라는 사람은 없었다. 그런 사람은 처음부터 존재하지도 않았던 것 같다. 누구의 보호나 사랑도 받지 못하고, 흔한 파리 한 마리조차 놓치지 않고 핀으로 꽂아 현미경으로 들여다보는 자연 관측자의 관심마저 끌지 못했던 존재가 사라졌다. 동료 관리들의 조롱을 아무런 저항 없이 참아 내다가 무덤에 들어가는 순간도 그저 평범하기만 했던 한 존재가 이제는 자취를 감추고 사라져 버렸다. 비록 생을 마감하기 바로 직전이긴 했지만, 그에게도 외투의 모습을 빌린 인생의 소중한 순간이 찾아와 짧은 시간이나마 그의 고달픈 삶을 비춰 주기도 했고, 견딜 수 없는 불행이 엄습하기도 했다. 그 같은 불행이 닥칠 때면 황제도, 세상을 호령하는 통치자도 결코 피해 갈 수 없는 법이다. 그가 죽은 지 며칠 후 즉각 출두하라는 국장의 명령을 전하러 관청에서 사람이 왔지만 그는 아무런 소득 없이 돌아가, 아까끼 아까끼예비치가 더 이상 출근할 수 없다고 보고해야 했다. "어째서?"라는 질문에 대해 그는 "그것이, 이미 죽어 버렸고 매장한 지 나흘째랍니다."라고 대답했다고 한다. 이렇게 하여 관청에서도 아까끼 아까끼예비치의 죽음을 알게 되었고, 벌써 그다음 날부터 훨씬 키가 큰 다른 관리가 그의 자리를 차지하고 앉게 됐다. 그는 아까끼 아까끼예비치와 같은 가지런한 필체가 아니라 옆으로 심하게 기울어진 비스듬한 필체로 일을 시작했다.

그러나 아끼끼 아끼끼예비치에 관한 이야기가 결코 여기서 모두 끝나지 않았다는 사실을 누가 상상이나 했을까. 생전에 아무런 주의도 끌지 못했던 것을 보상이라도 하듯이 그가 죽은 후 며칠 동안 혼란스러운 삶이 기다리고 있었다는 사실을 누가 상상이나 했겠는가. 하지만 일은 그렇게 일어났고 우리의 보잘것없는 이야기는 생각지도 못했던 환상적인 결말을 맞게 되었다. 뻬쩨르부르그 전역에 갑자기 퍼진 소문에 의하면, 깔린긴 다리에서부터 아주 멀리 떨어진 곳까지 밤마다 관리의 모습을 한 유령이 나타나 도둑맞은 외투를 찾아다니다가 외투를 입은 사람만 보면 관등이고 계급이고 가리지 않고 자기가 잃어버린 그 외투라고 우겨 대며 죄다 빼앗아 간다는 것이었다. 고양이 털, 비버 털, 솜, 너구리, 여우, 곰 따질 것 없이 몸에 두르도록 만들어진 것이면 털이든 가죽이든 모조리 벗겨 가 버렸다. 관청에서 근무하는 관리 하나는 자기 눈으로 직접 유령을 목격하였고, 그 자리에서 아까끼 아까끼예비치를 대번에 알아보았다. 그러나 너무나 겁이 나서 줄행랑을 치는 바람에 자세히 보지는 못했고, 그저 멀리서 손가락을 흔들며 자신을 위협하는 모습만을 기억했다. 사방에서 9급 문관뿐만 아니라 3급 문관까지도 관등의 고하를 막론하고 신종 외투 강도 탓에 등과 어깨가 감기에 걸릴 정도로 꽁꽁 얼 지경이라는 불평이 계속해서 들어왔다. 경찰에는 유령을 산 채로든 죽여서든 잡아들여 본보기가 되도록 최고 중형에 처하라는 지시가 내려졌고, 거의 성공할 뻔하였다. 어느 구역의 초소 경찰이 끼류쉬낀가의 골목에서 플루트를 부는 퇴직한 악사의 값싼 모직 외투를 빼앗으려고 음모하는 현장을 덮쳐 유령의 뒷덜미를 막 낚아챘던 것이다. 유령의 옷깃을 단단히 잡고 있던 초소 경찰은 큰 소리로 동료 둘을 불러 그들에게 유령을 넘기고, 자신은 구두 속에 넣어 둔 담배를 꺼내 피우면서 그동안 여섯 번이나 얼어붙은 코에 잠시 바람이나 넣어야겠다는 생각에 잠시 몸을 굽혔다. 그러나 그 담배는 죽은 사람조차 결코 견딜 수 없을 정도로 지독한 것이었다. 초소 경찰이 손가락으로 오른쪽 콧구멍을 막고, 왼쪽 콧구멍으로 코담배의 절반쯤을 들이마시려는 찰나, 유령이 재채기를 너무 세게 하는 바람에 담배 가루가 세 명의 경찰 눈에 들어가 버렸다. 잠시 동안 주먹으로 눈을 비비는 사이, 유령은 흔적도 없이 사라져 버렸다. 나중에는 유령이 정말 그들의 손에 잡혔었는지조차 알 수 없게 되었다. 이때부터 초소 경찰들은 유령이라면 다들 공포에 떨었다. 산 채로 잡는 것조차 두려워해 멀리서만 그저 "어이, 이봐, 어서 저승으로 꺼져 버리지 못하겠어!"라고 외칠 뿐이었다. 유령 관리는 어느새 깔린낀 다리 너머의 겁 많은 모든 사람들에게 공포를 안겨 주었다. 그런데 이 완벽한 실화가 환상적인 이야기로 발전해 나가는 데 사실상 원인을 제공한 그 고위층 인사를 그동안 우리가 너무 무심하게 방치했다. 무엇보다도 먼저, 사실 말이 나왔으니 하는 이야기지만, 불쌍한 아까끼 아까끼예비치가 지나치게 책망을 당하고 사무실을 떠난 후, 그도 뭔가 연민의 정 비슷한 것을 느꼈다. 그도 동정심을 느낄 줄 아는 사람이었다. 항상 관등이 마음에 걸려 표현을 못 할 뿐이지 여러 가지 선행을 하는 마음씨를 지니고 있었다. 방문한 친구가 사무실에서 나가자마자 그는 불쌍한 아까끼 아까끼예비치에 대해 숙고하기까지 했다. 이때부터 거의 매일, 업무상의 질책을 견뎌 내지 못하고 하얗게 질려 버린 아까끼 아까끼예비치의 모습이 눈앞에 떠올랐다. 그에 대한 생각으로 너무 지나치게 괴로워한 나머지, 그는 일수일 후에 관리를 보내어 아까끼 아까끼예비치가 어떻게 지내는지, 뭔가 도울 방법은 없는지 알아보도록 했다. 그런데 열병으로 갑자기 죽었다는 보고를 듣고 나자 충격과 양심의 가책으로 온

종일 제정신이 아니었다. 어떻게든 기분 전환으로 나쁜 인상을 빨리 잊고 싶어서 친구 집에서 하는 저녁 모임에 참석하였다. 그곳에 모인 사람들은 다들 점잖았고 무엇보다도 모두 그와 같은 관등의 사람들이었으므로 아무런 거리낌이 없었다. 덕분에 그의 정신 상태는 놀라울 정도로 달라졌다. 기분이 좀 풀어지자 사람들과 즐겁게 어울려 대화를 나누고 다른 사람들에게 친절을 베풀며, 한마디로 아주 유쾌한 저녁 시간을 보냈다. 저녁 식사 후에 그는 샴페인을 두 잔이나 마셨다. 알다시피 기분 전환에는 샴페인이 최고다. 샴페인으로 취기가 돌자 그는 여러 가지 특별한 것이 하고 싶어졌다. 예컨대 그는 집에 가는 것이 아니라, 평소 알고 지내는 여자인 까롤리나 이바노브나의 집에 들르기로 했다. 그는 독일 태생인 듯한 이 여자에게 대단한 친근감을 느꼈다. 미리 말해 두지만, 이 고위층 인사는 이미 젊지 않은 나이에 훌륭한 남편이요, 존경받는 아버지였다. 아들이 둘 있었는데 하나는 이미 관청에서 근무를 시작했고, 몸이 좀 구부정하긴 해도 코가 매력적인 열여섯 살난 사랑스러운 딸아이가 날마다 그의 손에 입을 맞추며 "봉주르, 빠빠.(안녕, 아빠.)"라고 인사를 했다. 그의 아내도 아직 생기 있고 모자란 데가 없는 아름다운 여자였다. 그녀는 남편이 먼저 입 맞추도록 자기 손을 내밀었다. 그다음 자기 손을 내린 후 그의 손에 입을 맞추었다. 하지만 이 고위층 인사는 가정 생활의 안락함에 완전히 만족하면서도, 시내의 반대편 지역에 여자 친구를 두고 친하게 지내는 일을 아주 고상한 행동이라고 생각했다. 이 여자 친구는 아내보다 예쁘지도 젊지도 않았다. 하지만 그런 것쯤이야 세상에 흔히 있는 일이기에 우리가 상관할 바는 아니다. 그래서 고위 인사는 계단을 내려와

썰매에 올라서는 마부에게 "까롤리나 이바노브나의 집으로."
라고 말했다. 그는 따뜻한 외투로 몸을 완전히 휘감은 채 즐거
운 기분에 도취되어 있었다. 러시아인으로서 더 좋은 것이 생
각나지 않을 정도였다. 그 기분이란 바로 아무 생각 없이 앉아
있는데도 머릿속으로 즐거운 생각들이 저절로 꼬리에 꼬리를
물고 이어져 굳이 뭔가를 생각해 내려고 애쓸 필요가 전혀 없
는 상태를 말한다. 만족감에 도취된 그는 즐겁게 보낸 저녁 파
티를 떠올리며, 많지 않았던 좌중을 웃겼던 말들을 모두 기억
해 냈다. 이야기 가운데 대부분이 큰 소리로 다시 반복해 보
아도 여전히 우스운 것들이어서 정신없이 웃어 댔더라도 지
나치다는 생각은 들지 않았다. 그러나 가끔 어디선가 갑자기
생겨난 돌풍이 불어와, 눈을 퍼부으며 그의 얼굴을 세차게 때
리고 외투 깃을 돛단배처럼 펄럭이게 했다. 또 불가사의한 힘
이 작용하듯 돌연 머리털을 덮치기도 하였다. 그리하여 돌풍
에서 빠져나오려고 안간힘을 써야 했다. 갑자기 그 고위층 인
사는 누군가 자신의 옷깃을 엄청난 힘으로 잡아채는 것을 느
꼈다. 고개를 돌리니 작은 키에 낡아 빠진 제복을 입은 사람
이 보였다. 그가 아까끼 아까끼예비치임을 알아챈 고위층 관
리는 기겁을 하였다. 그 관리의 얼굴은 눈처럼 창백했고, 완전
히 죽은 사람의 모습이었다. 그러나 고위층 인사가 극도의 공
포를 느낀 까닭은, 죽은 사람의 입술이 일그러지면서 무덤 냄
새를 풍기며 다음과 같이 말했기 때문이다. "아! 바로 네놈이
로구나! 이제야 내놈을, 그러니까 서, 옷깃을 잡았구나! 난 네
놈의 외투가 필요해! 내 사정을 좀 봐주지는 못할망정 그렇게
야단을 치다니, 자, 이젠 옷을 내놔!" 가련한 고위층 관리는
거의 숨이 넘어갈 지경이었다. 그는 관청에서, 특히 아랫사람

들 앞에서 어찌나 성질을 내는지 표정이나 몸가짐이 강직하여 누구나 한 번만 보면 "거 성질 참 대단하네!" 하고 말할 정도였다. 여기서도 그는 겉으로 보기엔 영웅호걸의 모습을 하고 있었는데, 사실은 엄청난 공포에 사로잡혀 있었다. 원인이 없는 것은 아니지만 이러다가 무슨 발작이라도 일으키지 않을까 걱정될 정도였다. 그는 얼른 외투를 벗어던지고 마부에게, 여느 때와는 아주 다른 목소리로 외쳤다. "전속력으로 달려! 집으로 가자!" 그것이 일반적으로 중요한 순간이거나 실제로 아주 다급한 일이 벌어진 경우에나 나오는 목소리라는 걸 알아챈 마부는 모든 경우에 대비하여 어깨 사이로 머리를 움츠린 채 채찍을 치켜들고 쏜살같이 달렸다. 약 육 분 정도 지나자 고위층 인사는 이미 자기 집 현관 앞에 와 있었다. 하얗게 질린 얼굴에 외투도 없이 마구 헝클어진 모습으로 까롤리나 이바노브나에게 가는 대신 집으로 돌아온 그는 겨우 자기 방까지 기어가 혼미한 상태로 밤을 지냈다. 다음 날 아침 차를 마시던 딸이 직접 말했다. "아빠, 얼굴이 창백하시네요." 그러나 그는 입을 꼭 다문 채 무슨 일이 있었는지, 어디에 갔었는지, 어디에 가려고 했었는지 아무에게도 말하지 않았다. 그 사건은 그에게 큰 영향을 주었다. 부하 직원들에게 "어떻게 감히, 내가 누군지 알기나 해?"라고 말하는 일도 예전보다 훨씬 줄어들었다. 예전과 달리 무슨 사정인지를 처음부터 다 들어 본 다음에야 비로소 호통을 쳤다. 하지만 더 주목할 만한 일은 장관의 외투가 유령의 몸에 꼭 맞았던 것이 분명하다는 점이다. 이후로 관리 유령의 출몰이 현저히 준 것이 사실이다. 이제 더 이상 외투를 빼앗긴 사람이 있다는 이야기를 들어 보지 못했다. 한편 활동적이고 꼼꼼한 사람들은 결코 마음을 놓으려 하지 않았고, 시내에서 좀 먼 지역에서는 여전히 관리 유령이 나타난다고 말들을 했다. 더 자세히 이야기해 보자면 어느 감시 초소의 키 큰 경찰이 어느 건물에서 나오는 유령을 자기 눈으로 직접 봤다고 했다. 그러나 이 사람은 태어날 때부터 몸이 약해서 한번은 어느 집에서 뛰쳐나온 돼지 새끼 한 마리에 걸려 넘어지기도 했다. 그 바람에 주위에 있던 마부들이 박장대소하자 그들에게서 자신을 조롱한 대가로 담배 한 갑씩을 빼앗은 적이 있었다. 그리하여 힘없는 그가 유령을 보고 잡을 엄두도 못 낸 채 어두운 데서 그 뒤를 졸졸 따라갔다. 마침내 유령이 뒤를 홱 돌아보며 우뚝 서서 "넌 뭐야?"라고 물으며 살아 있는 사람으로서는 상상도 할 수 없는 어마어마한 주먹을 내밀었다. 초소 경찰은 "아무것도 아니에요."라고 말하면서 뒤로 돌아섰다. 그런데 유령은 전보다 키도 훨씬 큰 데다위엄 있어 보이는 콧수염까지 기르고 있었다. 오부호프 다리쪽으로 발길을 돌리는가 싶더니 그는 밤의 어둠 속으로 완전히 사라져 버렸다.

광인 일기

10월 3일

오늘 이상한 일이 일어났다. 아침에 상당히 늦게 일어났다. 마브라가 깨끗하게 닦은 장화를 들고 왔을 때, 몇 시냐고 물었다. 이미 10시가 된 지 오래라는 말을 듣고 나서 더 빨리 옷을 입으려고 서둘렀다. 솔직히 말해 관청엔 조금도 가고 싶지 않았다. 이미 아는 일이지만, 가 봐야 과장이 얼굴을 잔뜩 찌푸리고 앉아 있을 테니 말이다. 그자는 이미 오래전부터 내게 말해 왔다. "이봐, 자넨 도대체 왜 그래? 머리가 어떻게 된 것 아냐? 어떤 땐 미친 사람처럼 뛰어다닐 뿐만 아니라, 종종 서류 제목에 소문자를 쓰기도 하고, 날짜나 번호를 써넣지 않아 뭐가 뭔지 알 수 없을 정도로 일을 망쳐 버린단 말이야."

제기랄, 왜가리 같은 자식! 내가 국장의 집 서재에서 각하의 거위털 펜을 깎는 것을 시기하는 게 분명하다. 다시 말해, 구두쇠 경리한테 애걸해서 다행히 몇 푼 선불을 타 낼 수 있으니 망정이지, 그렇지 않으면 난 관청과 발을 끊었을 것이다.

그 경리 녀석도 보통내기가 아니다. 아, 하느님, 그 녀석이 한 달 치라도 선불해 주기를 바라느니 차라리 최후의 심판을 기다리는 편이 낫다. 아무리 애걸해도, 또 아무리 어려운 처지라도, 그 백발 악마는 선불해 주지 않으니까. 그러면서도 자기 집 하녀한테는 뺨을 얻어맞는단 말야. 온 세상이 다 아는 일이지. 관청에 근무한다고 해서 이로운 게 뭔지 모르겠다. 어떤 재원이 나오느냐에 따라 다르겠지. 현청이나 구청, 또는 세무 감사원 같은 데서는 사정이 전혀 다르다. 저기 한구석에 몸을 움츠리고 펜대를 긁적거리는 자를 보라. 더러운 연미복을 걸치고 있는 그의 낯짝에 침이라도 뱉어 주고 싶을 정도다. 그런데 여러분도 아시다시피 그가 어떤 별장을 빌려 사용하는지 보라! 그런 녀석에게 도금한 도자기 찻잔 같은 건 가져가지 마라. '이건 의사한테나 갖다 줄 선물이군.' 하고 말할 거다. 보내려면 경마용 말 두 필쯤, 아니면 경사륜마차[23] 한 대나 300루블 정도 하는 해리 모피를 보내라. 겉으로 보기에 그는 아주 조용하고 우아하게 말한다. "펜대 깎는 칼을 좀 빌려주시겠습니까?" 그러나 청원자라면 루바쉬까[24]만 남겨 둘 정도로 모조리 뜯어낸다. 사실 우리 관청에서 그의 근무 태도는 만사에 청렴하고 정직하다. 현청에서는 결코 찾아볼 수 없을 정도의 태도다. 마호가니 책상에 앉아 일하는 상관들도 모두 다 당신이라고 점잖게 부른다……. 사실대로 말해 근무하는 데 그런 고상함이 없었다면 나는 오래전에 관청을 떠났을 것이다.

비가 억수로 쏟아서 내렸기 때문에, 낡은 외투를 걸치고

---

23 원문의 '드로쥐끼(drozhki)'는 러시아의 경(輕)사륜마차를 가리킨다.

24 루바쉬까(rubashka)는 무명으로 된 헐렁헐렁한 러시아식 상의를 말한다.

우산을 들고 나갔다. 거리에는 사람들이 거의 없었다. 옷자락을 뒤집어쓴 여자나 우산을 든 러시아 장사꾼, 문서 전령이 눈에 띌 뿐이었다. 점잖은 사람들 가운데 우리의 형제인 관리만이 눈에 띄었다. 그를 네거리에서 만났다. 그를 보자마자, 나는 즉시 혼자 중얼거렸다. "아이고! 아니야, 저 녀석, 관청으로 가는 게 아니라 실은 앞에서 달려가는 여자의 다리를 보겠다고 서두르는 거야." 우리네 관리들은 왜 이처럼 교활한 인간들일까! 관리들은 장교 못지않다. 모자를 쓴 여자가 지나가면 으레 창피를 주곤 한다. 이런 생각을 하고 있을 때, 옆을 지나가던 마차가 가게 앞에 멈춰 선 것을 보았다. 나는 곧 그 마차를 알아보았다. 그건 우리 국장의 마차였다. 생각해 보았다. '그런데 국장이 상점에 올 이유가 없으니 딸이 분명해.' 나는 벽에 몸을 바짝 기대섰다. 하인이 마차 문을 열자, 국장 딸이 새처럼 마차에서 사뿐히 내려섰다. 그녀가 잠시 좌우를 살펴볼 때마다 눈썹과 눈동자가 반짝거렸다.

하느님! 아, 망했다, 완전히 망했다. 그런데 이렇게 비가 퍼붓는데 무엇 때문에 외출했을까! 이제 여자들이 이 모든 천 조각에 욕심이 없다고 누가 그럴 수 있을까. 그녀는 날 알아보지 못했고, 게다가 나는 일부러 몸을 가능한 한 외투로 감쌌다. 내 외투가 몹시 더러운 데다가 구식이었기 때문이다. 지금은 외투 깃이 긴 것이 유행인데, 내 외투는 깃이 짧고 이중으로 되어 있다. 게다가 옷감도 증기다리미로 다리지 않았다.

미처 가게 문 안으로 들어가지 못한 아가씨의 강아지가 거리에 남아 있었다. 나는 그 강아지를 잘 안다. 강아지의 이름은 멧쥐다. 일 분도 안 되어 나는 갑자기 작은 소리를 듣게 되었다.

"멧쥐, 안녕!"

이런! 누구의 목소리지? 사방을 둘러보니 양산을 쓰고 걸어가는 두 부인이 보였다. 하나는 노파고, 하나는 젊은 여자였다.

그러나 그들은 이미 지나가 버렸는데, 내 곁에서 소리가 다시 들려왔다.

"멧쥐, 너무해!"

모르겠다! 멧쥐가 두 부인들을 따라온 강아지와 서로 코로 냄새를 맡아 보는 모습이 보였다.

나는 속으로 중얼거렸다.

'어어! 어어! 내가 술에 취한 게 아닐까? 아마 이런 일만은 보기 드물 거다.'

"아니에요, 피젤, 그렇지 않아요."

멧쥐가 이렇게 말하는 것을 내 눈으로 직접 보았다.

"난 말예요, 킁, 킁, 난 말예요, 킁, 킁, 대단히 아팠어요."

아니, 네놈은 갠데! 솔직히 말해 개가 사람처럼 말하는 소리를 듣고 깜짝 놀랐다. 그러나 나중에 이 모든 것을 잘 생각해 보니, 별로 놀랄 만한 일도 아니었다. 실제로 이와 비슷한 일들이 세상엔 얼마든지 일어난다. 영국에서도 물고기 한 마리가 물 위에 떠올라 괴상한 말로 두어 마디 지껄여 댔다고 한다. 학자들이 이미 삼 년 동안이나 열심히 연구하고 있지만, 아직까지 아무것도 밝혀내지 못했다지. 또 두 마리의 소가 가게에 와서 차를 1푼트[25] 날라고 했다는 기사를 신문에서 읽은 적이 있다. 그런데 솔직히 말해 멧쥐가 다음과 같이 말했을

---

25 푼트(funt)는 옛 러시아의 무게 단위다. 1푼트는 409.5그램이다.

때, 더욱 놀랐다.

"피첼, 당신에게 편지를 써 보냈잖아요. 그럼 뽈깐이 내 편지를 전하지 않은 게 분명하군요!"

참으로 놀라운 일이다. 개가 편지를 쓸 수 있다는 말은 평생 들은 적이 없다. 글을 정확하게 쓸 수 있는 것은 귀족뿐이다. 물론 상점의 경리나 어떤 농노들은 종종 글을 쓸 줄 안다. 그러나 그들의 글은 대체로 기계적이다. 쉼표도, 마침표도 없으며 문체도 엉망이다.

이건 정말 놀라운 일이다. 실은 최근에 가끔 아무도 들을 수 없거나 볼 수 없는 것들이 잘 들리고 보이기 시작했다.

'좋아…….'

나는 속으로 중얼거렸다.

'저놈의 강아지를 따라가서, 그들이 어떤 놈들인지, 무엇을 생각하고 있는지 알아내자.'

우산을 받쳐 들고 두 여자를 뒤따라갔다. 두 여자는 고로호바야 거리를 지나 메시찬스까야 거리를 돌아, 다시 거기서 스똘랴르나야 거리로 빠져 드디어 꼬꾸쉬낀 다리로 가 큰 집 앞에서 멈추어 섰다.

"이 집은 내가 잘 아는 집이야." 나는 혼자 중얼거렸다. "즈베르꼬프의 집이지."

참으로 훌륭한 집이다! 이 집에는 어떤 사람들이 살고 있을까? 하녀나 시골에서 올라온 사람들이 얼마나 많을지! 우리네 관리들이 개처럼 서로 어울려 앉아 있다. 여기에 나팔을 잘 부는 친구가 하나 살고 있다. 그 여자들은 5층으로 올라갔다. '좋아! 지금은 집에 들어갈 필요가 없고 장소만 알아 두면 돼. 기회가 될 때 이용할 거다.'라고 생각했다.

10월 4일

오늘은 수요일, 국장의 서재로 갔다. 일부러 일찍 가서 자리에 앉은 다음 펜을 몽땅 깎아 버렸다.

우리 국장은 매우 영리한 사람이다. 서재에는 책으로 가득 채워진 서가가 빽빽이 놓여 있다. 책 제목을 몇 개 읽어 보았으나, 다 학술적인 것들뿐이었다. 너무 학술적이어서 우리 형제들이 가까이할 수 없는 것들이다. 모든 책들이 프랑스어나 독일어로 되어 있다. 그의 얼굴을 보기만 해도, 눈에 위엄과 거만함이 깔려 있다! 국장이 쓸데없는 소리를 하는 것을 들어 본 적이 없다. 서류를 제출할 때면 물어볼 따름이다.

"바깥 날씨는 어떤가?"

"각하! 습한 날씹니다."

그래, 우리들과는 너무 차이가 난다. 국가적인 인물이다. 그런데 그는 나에게 특별히 호감을 갖고 있다. 만일 따님도…… 아, 제기랄! ……아니, 아무것도 아니다. 말하지 말아야지!《북방의 꿀벌》을 읽었다. 프랑스 국민들은 참으로 바보다! 그래, 대관절 그들은 무엇을 원하는 걸까? 에이, 모두 한데 묶어서 회초리로 후려갈겨야 해! 그 잡지에서 꾸르스까야 현의 지주가 쓴 무도회에 대한 매우 재미있는 이야기를 읽었다. 그 고장 지주들은 글을 잘 쓴다. 벌써 12시 반이 되었는데도 우리의 각하는 아직 침실에서 나오지 않았다. 그런데 1시 빈쯤 왜시 펜으로는 도저히 다 쓸 수 없는 사건이 일어났다. 문이 열렸기에 난 국장이 일어난 줄 알고 서류를 들고 의자에서 벌떡 일어났다. 그러나 그건 바로 그녀, 국장 따님이었다! 성자여, 그녀가 어떻게 옷을 입고 있었겠는가! 그녀의 옷은 백조처럼 하얬다. 아, 참으로 화사하다! 그녀가 이쪽을 흘 끗 바라보았을 때 아, 태양, 햇빛이었다! 그녀는 고개를 까닥 이며 인사를 했다.

"아빠 거기 안 계세요?"

아아! 어떤 목소리인가! 카나리아다! 진짜 카나리아다! '각하!' 하고 나는 말하고 싶었다. '제발 날 괴롭히지 말아요. 괴롭히고 싶으시면, 각하의 그 손으로 괴롭혀 주세요.' 제기 랄, 혀가 헛도네. 나는 이렇게 말했을 뿐이다. "아니, 안 계십 니다."

그녀는 내 얼굴과 책을 흘끗 쳐다보다가 그만 손수건을 떨어뜨렸다. 나는 당황한 나머지 미끄러지면서 뛰어들다가 쪽나무 마루에 미끄러져, 하마터면 코방아를 찧을 뻔하였다. 그러나 겨우 몸을 가누어 그 손수건을 집어 들었다. 아, 어떤 수건이었겠는가! 얄팍한 무명천이 호박 색깔 같았다! 완전히 호박색이었다! 그리고 각하의 지위답게 향기도 났다. 그녀는 고맙다고 인사하더니, 방긋 웃으며 감미로운 입술을 살짝 움 직였다. 그러고는 그대로 가 버렸다.

나는 다시 한 시간쯤 앉아 있었는데, 하인이 갑자기 들어 와 말했다.

"아끄쎈찌 이바노비치, 그만 돌아가시죠. 나리께서는 벌 써 나가셨소."

나는 이런 하인을 참을 수 없다. 언제나 현관에 버티고 앉 아서, 공손하게 머리라도 한 번 끄덕여 주면 좋으련만 인사 한 번 제대로 하지 않는다. 이 정도는 아무것도 아니다. 언젠 가 한번은 그 교활한 놈들 가운데 하나가 자리에서 일어나지 도 않은 채 담배를 권한 적도 있다. 아무리 어리석은 농노라지만 내가 관리고 귀족 출신이라는 것 정도는 알 거 아닌가. 이 래 봬도 의젓한 관리인데. 그러나 나는 모자를 들고 외투도 손 수 입고 밖으로 나왔다. 이자들은 한 번도 외투를 입혀 준 적 이 없다. 집에서는 하루 종일 침대 위에서 뒹굴다가 아름다운 시 한 편을 베껴 썼다.

나는 중얼거렸다.

"그리운 님이여, 뵙지 못한 지가 일 년이나 된 것 같습니 다. 삶을 저주하면서 살아야 하는 건가요?"[26]

아마도 이건 뿌쉬낀의 작품일 거다. 저녁에 외투를 걸치 고 국장의 저택 현관 앞까지 가 보았다. 혹시 따님이 마차를 타기 위해 나와 있지 않을까, 그 모습을 한 번만이라도 볼 수 없을까 하여 오랫동안 기다렸으나 그녀는 나타나지 않았다.

11월 6일

과장이 몹시 화를 냈다. 관청에 나갔더니, 나를 자기 옆에 불러다 놓고 떠들어 대기 시작했다.

"자넨 도대체 무슨 짓을 하는 거야? 말해 봐."

"뭐가 어쨌다는 건가요? 아무것도 한 일이 없는데요."

나는 대답했다.

"잘 생각해 봐! 자넨 이미 마흔이 넘었는데 지혜가 있어 야지. 지금 무슨 생각을 하나? 사넨, 내가 자네의 못된 장난을

---

26 이 시구는 사실 이류 시인이며 극작가인 N. P. 니꼴레프(N. P. Nikolev, 1758~1815) 의 작품에서 따온 것이다.

전혀 모르는 줄 아나? 자네가 국장 따님에게 지분거리고 있지 않느냐는 말야! 자기 주제를 알아야지. 자네가 누군가 생각해 봐. 자넨 빵점이야, 아무것도 아니란 말일세. 사실 자넨 땡전한 푼 없잖나……. 거울에 얼굴이나 한번 비춰 보게. 감히 그런 생각을 하다니……!"

제기랄, 얼굴이라고는 꼭 약병처럼 생겨 가지고, 한 줌밖에 안 되는 곱슬머리를 머리에 얹고 기름을 처발라 소(小)러시아풍으로 빗어 올리기만 하면, 모든 것을 할 수 있는 인간이라도 되는 양 생각하고 있군. 그자가 왜 화를 내는지 난 잘 안다. 그는 질투하고 있다. 아마도 내가 국장 따님의 특별한 호의를 받고 있는 모습을 본 모양이지. 그래, 녀석에게 침이라도 뱉어 주고 싶다. 그까짓 7급 관리가 얼마나 대단하단 말인가! 금시곗줄을 늘어뜨리고, 30루블씩이나 하는 장화를 주문했다고 그게 어쨌다는 건가! 난 잡계급 지식인 출신이나 재봉사 출신이나 하사관의 자식이 아니라는 말이다! 난 귀족이다. 나도 이젠 출세를 해야지. 나이도 아직 마흔둘이니, 근무는 이제부터 막 시작할 때다! 이 인간아, 두고 보자! 나도 대령급은 되어야지. 아마도 운만 좋으면 더 훌륭하게 될지도 모른다. 그렇게 되면 네놈보다 훨씬 평판이 좋아진단 말이다. 자기 외엔 훌륭한 사람이 없다고 생각하는 게 아닌가? 나도 루체프[27]에서 맞춘 최신 유행의 연미복을 입고, 너처럼 넥타이라도 매 봐라. 네놈은 내 발밑에도 못 와! 재산이 없다, 그게 내 불행이다.

---

27 원문의 '루치의 연미복(Ruchevskij frak)'은 양복점 이름이다. '루치'는 그 당시 모스끄바의 유명한 재단사였다.

11월 8일

극장에 갔었다. 러시아의 「바보 필라뜨까」[28]를 보고 많이 웃었다. 그리고 짧은 보드빌 같은 것을 하나 더 보았다. 재판소 감독관에 관한 우스운 풍자시가 있고, 특히 14급 관리를 풍자한 노래가 자유롭게 불렸다. 저런 것이 어떻게 검열에 통과되었는지 놀라웠다. 상인은 다 사기꾼이고, 그 자식들은 난폭한 행동에 추태를 일삼고 귀족을 괴롭힌다고 노골적으로 떠들어 댄다. 신문쟁이들에 대해서도 역시 매우 재미있는 풍자시를 낭송했다. 그들은 욕설만 퍼붓고 있으며, 작가는 독자에게 자기를 보호해 달라고 한다는 것이다. 요즘 작가는 꽤 재미있는 희곡을 쓴다. 나는 극장에 가기를 좋아한다. 호주머니 속에 푼돈이 들어 있기만 하면 으레 간다. 그런데 우리네 관리들 중에는 돼지 같은 놈들이 있다. 농사꾼들은 극장에 가지 않는다. 선물로 표가 생기면 갈 테지만 말이다. 한 여배우가 노래를 잘 불렀다. 나는 국장 따님을 생각했고…… 아, 제기랄! ……아니야, 아무것도 아니다……. 침묵.

11월 9일

8시에 관청에 나갔다. 과장은 내가 출근한 걸 모른 척하였

---

28 「바보 필라뜨까(Durak Filatka)」는 P. 그리고리예프 2세의 보드빌 「필라뜨까와 미로쉬까 ― 경쟁자들 혹은 네 명의 신랑과 한 명의 신부(Filatka i Miroshka ― soperniki, ili Chetyre zhenikha i odna nevesta)」를 말한다. 이 보드빌은 1831년에 처음으로 공연되어 큰 성공을 거두었다. 그러나 궁정 비평가들은 이 보드빌이 너무 평민적인 삶을 다루었다는 이유로 부정적 평가를 하였다.

다. 내 쪽에서도 역시 아무 상관하지 않는다는 표정을 보여 주었다. 서류를 조사하거나 대조하였다. 4시에 퇴근했다. 국장의 집 근처를 지나갔으나 아무도 보이지 않았다. 식사 후에는 대부분의 시간을 침대에 누운 채로 보냈다.

11월 11일

국장의 집에 가서 서재에 있는 펜을 깎아 드렸다. 각하의 것은 스물세 개 그리고 또 그녀의 것은…… 아, 아! ……아가씨 각하의 것도 네 개나 깎아 드렸다. 각하는 펜이 많은 걸 아주 좋아하신다. 어쨌든! 뛰어난 분임에 틀림없다! 언제나 말이 없지만, 머리로는 모든 일을 생각하고 계실 거다. 주로 뭘 생각하시는지 알고 싶다. 그분의 머릿속에서 무슨 일이 일어나고 있는지 알고 싶다. 이런 분들의 사생활, 애매한 말씨, 궁중의 농담을 가까이에서 관찰하고 싶다. 그분들이 사교계에서는 무엇을 하며 어떻게 행동하는지 알고 싶다. 이런 것들이 내가 알고 싶은 것들이다! 각하와 여러 번 대화를 하고 싶었지만, 제기랄, 혀가 전혀 말을 듣지 않는다. 날씨가 춥습니다, 따뜻합니다는 얼마든지 할 수 있어도, 다른 말은 절대 못 한다. 응접실을 들여다보고 싶으나, 가끔 열린 문만 보일 뿐이다. 응접실 저쪽에도 방이 하나 더 있나 보다. 아! 장식들이 참으로 화려하다! 거울이며 도자기는 또 어떤지! 각하의 따님이 있는 그 안쪽 방을 들여다보고 싶다. 내가 보고 싶은 것은 바로 그쪽이다. 부인 방에는 여러 가지 자질구레한 병이며 유리그릇이 놓여 있을 것이고, 입김을 불기조차 두렵게 하는 꽃들이 있을 터다. 그 방에는 그녀가 벗어 놓은 옷들도 놓여 있겠지. 옷이라기보다는 공기와 거의 비슷할 테지. 나는 침실도 들여다보고 싶다! ……생각건대 거기에는 기적과 같은 이상한 나라, 아니 천국에도 없는 어떤 낙원이 있을 것이다. 그분이 침대에서 일어나 어떻게 귀여운 발을 걸상에 얹어 놓고 눈처럼 흰 양말을 신는지 보고 싶다…… 아! 아! 아! 안 돼…… 침묵.

그런데 오늘 내게 빛처럼 번쩍 빛나는 것이 떠올랐다. 오늘 그 네프스끼 거리에서 들은, 강아지 두 마리가 나누던 이야기가 생각났기 때문이다.

나는 생각했다.

'좋아! 이제는 모든 것을 다 알겠다. 그놈의 하찮은 개들이 서로 보여 준다는 편지를 압수할 필요가 있다. 그 편지만 보면 분명히 어떤 단서를 잡을 수 있을 것이다.'

솔직히 말해 나는 멧쥐를 다시 한 번 직접 불러, 대화해 보려고 했다.

"이봐, 멧쥐, 지금 우리 둘만 있지. 원한다면 문을 닫아도 좋아. 그러면 아무도 보지 않을 테니까. 자, 국장 따님에 대해 네가 아는 모든 걸 말해 봐……. 그 따님은 무엇을 하고 어떻게 지내지? 하느님께 맹세하지만, 아무에게도 말하지 않겠다."

그러나 그 교활한 강아지는 꽁무니를 빼더니 몸을 움츠린 채, 아무것도 들리지 않는다는 듯이 방에서 조용히 나가 버렸다. 나는 오래전부터 개가 사람보다 더 영리하다고 생각했다. 개는 말을 할 수 있을 뿐만 아니라 어떤 고집도 있음을 확신했다. 개는 엄청난 책략가로 모든 걸 알아차린다. 인간의 행동

방식을 모를 리가 없다. 아니, 내일은 만사를 제쳐 놓고 즈베르꼬프의 집에 가서 피젤에게 캐묻고, 일이 잘되면 멧쥐가 쓴 편지를 모조리 빼앗아 와야겠다.

11월 12일

오후 2시에 피젤을 만나 캐묻기 위해 집을 나섰다. 나는 지금 양배추가 싫은데 메시찬스까야 거리의 작은 상점들마다 그 냄새가 풍긴다. 그리고 집집마다 문틈에서 그 지옥 같은 냄새가 새어 나오므로, 코를 막고 전속력으로 뛰어갔다. 천한 노동자들이 일터에서 매연과 연기를 마구 뿜어내기 때문에, 점잖은 신사는 그곳을 지나 산책할 수 없다.

6층으로 올라가 초인종을 울리자 얼굴에 주근깨가 조금 있으나 별로 나쁜 인상을 주지 않는 계집애가 나왔다. 난 그 애를 안다. 언젠가 할머니와 함께 길을 가던 그 아이였다. 그 애는 약간 얼굴을 붉혔고, 나도 그 자리에서 알아차렸다. 귀여운 애 같으니, 구혼자를 찾는군.

"웬일이세요?"

그녀가 물었다.

"실은 댁의 강아지와 할 말이 있는데요."

계집애는 우둔했다! 계집애를 보자마자 그녀가 바보라는 것을 알아차렸다. 그때 강아지가 멍멍 짖으며 뛰어나왔다. 그 강아지를 잡으려고 했으나, 오히려 하마터면 그놈의 강아지가 내 코를 물 뻔했다. 그런데 나는 구석에서 궤짝으로 된 강아지 집을 발견했다. 아, 나한테 필요한 건 이거다! 얼른 다가 가서 나무 궤짝에 깔린 짚을 뒤져 보았다. 다행히 작은 종이 뭉치를 꺼낼 수 있었다. 추악한 강아지는 그걸 보자 처음에는 내 아랫도리를 물었으나, 내가 종이 뭉치를 꺼낸 것을 보고는 구슬프게 소리를 지르기도 하고 아양도 떨었다. 그러나 나는 말했다.

"안 돼, 이놈아, 그럼 안녕!"

나는 얼른 뛰어나왔다. 그 계집아이는 너무 놀라서 나를 미친 사람으로 알았을 것이다. 촛불로는 글씨를 볼 수 없었기 때문에, 난 집에 돌아와 즉시 그 편지를 펴 보려고 했다. 그러나 마브라가 마루를 닦기 시작했다. 이 바보 같은 핀란드 여자는 항상 어울리지 않게 깨끗한 것을 좋아했다. 그리하여 난 하는 수 없이 산책이라도 하면서 이 사건에 대해 좀 생각해 보고자 밖으로 나왔다. 이번에는 마침내 모든 사정과 의향과 그 원인들을 알게 되고, 모조리 밝혀낼 듯싶었다. 그 편지가 모든 것을 분명하게 밝혀 줄 터다. 개는 매우 영리한 동물이라 정치에 연관된 모든 일도 알고 있으리라. 분명히 그 편지에는 모든 것이 담겨 있을 것이다. 그 편지에는 우리 국장에 관한 모든 일과 인물이 자세히 묘사되어 있을 터다. 그리고 그 따님의 이야기든 무엇이든 좀 있을 것이다……. 안 돼, 침묵! 저녁때 집으로 왔다. 대부분의 시간을 침대에 누워서 보냈다.

11월 13일

자, 어디 좀 보자! 편지는 꽤 읽기 쉬웠다. 그러나 필적은 역시 모든 면에서 개다운 것 같았다. 어디 읽어 보자.

그리운 피젤, 당신의 촌스러운 소시민적인 이름이 익숙해지지 않는군요. 좀 더 좋은 이름으로 지을 수 없을까요? 피젤, 로자라고 부르는 것은 어때요! 그런데 그건 그렇고 우리가 갑자기 서로 이런 편지를 쓸 생각을 하다니 매우 기뻐요.

이 편지는 아주 정확하게 씌어 있었다. 구두법이나 철자가 모든 부분에서 정확하였다. 우리 과장은 모 대학 출신이라고 큰소리를 치지만 이 정도로 쓰지는 못한다. 더 보자.

누구든 자기의 생각이나 감정이나 인상을 서로 주고받는다는 것은 이 세상에서 가장 행복한 일의 하나라고 생각해요.

흠! 독일에서 번역한 어떤 논문에서 인용한 사상인데, 제목이 잘 생각나지 않는다.

세상이라야 집의 문밖보다 더 멀리 나가 본 적이 없지만, 이건 경험에서 하는 말이에요. 내 생활은 만족스럽다고 말할 수 있겠죠. 아버지께서 소피라고 부르는 우리 집 아가씨가 나를 무척이나 귀여워해 줘요.

아, 아! ……아니, 아무것도 아니다. 침묵!

아버지 역시 자주 머리를 쓰다듬어 주시며 귀여워해 주세요. 난 홍차나 커피에 크림을 넣어서 마셔요. 아, 사랑하는 당신! 뜯어 먹다 남은 큰 뼈다귀 같은 건 전혀 먹기 싫은데, 우리 집 뿔깐은 언제나 부엌에서 깨물어 먹고 있어요. 뼈가 맛있는 것은 들새뿐이지요. 그것도 골수를 빨아 먹지 않은 거라야 해요. 여러 가지 소스를 쳐서 먹으면 맛이 있지만 까베르스[29]와 채소가 없으면 맛이 없어요. 그러나 빵 덩어리를 개에게 던져 주는 건 나쁜 습성이지요. 신사도 식탁에 앉아 온갖 더러운 것을 다 만지면서 나를 옆에 불러 놓고, 그 손으로 빵을 주물러서 그 둥근 걸 입에 마구 밀어 넣어 줘요. 나는 거절하는 것도 예의가 아닐 듯싶어서 그냥 먹습니다. 혐오스럽지만 먹는 거예요…….

이게 뭔지 누가 알게 뭐야! 엉터리다! 좀 더 재미있는 걸 쓸 수도 있을 텐데. 다른 쪽을 읽어 보자. 가장 중요한 것이 있지 않을까.

우리 집에서 생긴 일들을 기꺼이 알려 줄 준비가 되어 있어요. 소피 아가씨가 '파파'라고 부르는 중요 인물에 대해서는 이미 무슨 말인가를 했지요. 아주 이상한 분…….

아! 드디어 이야기가 나오는구나! 그래, 그놈들은 모든 걸 정치적으로 관찰하지. 그건 내가 잘 알아. 그 파파가 어쨌는지 보자.

아주 이상한 분이에요. 입을 다물고 있을 때가 많아요. 거의 말을 하지 않지만, 일주일 전부터 세속해서 "나도 받을 수 있을까, 없을까?" 하고 혼잣말을 해요. 한 손에는 무슨 서류를

29 꽃 이름이다.

들고 다른 한 손은 그냥 꼭 쥐고서 말예요. 언젠가 한번은 날 붙잡고 물어보지 않겠어요. "이봐, 멧쥐, 넌 어떻게 생각하냐? 나도 받을 수 있을까 없을까?" 나는 전혀 영문을 몰라, 나리의 장화 냄새를 잠깐 맡아 보고 그냥 떠났어요. 사랑하는 당신! 일주일쯤 지나서 파파는 매우 즐거운 기분으로 집으로 돌아왔어요. 그리고 아침 내내 제복을 입은 사람들이 계속 찾아와서 뭔가 축하의 말을 하는 것 같았어요. 식사 때에는 여러 가지 일화를 이야기하면서 어찌나 즐거워하는지, 나는 처음 보는 일이었어요. 식사를 마치고 나서 나를 자기의 뺨 위까지 껴안아 올리며 말했어요. "멧쥐, 이것 봐. 이게 뭘까?" 하지 뭐예요. 나는 리본 같은 걸 보았어요. 냄새를 맡아 보았지만 결코 향기롭지는 않았어요. 결국 살짝 핥아 보았더니, 약간 찝찔했어요.

흠! 이놈의 강아지가 좀 지나친 것 같군……. 회초리로 맞지 않은 게 다행이야! 아, 그런데 그 국장은 야심가다. 이 점에 대해서는 잘 알아 둬야지.

안녕. 사랑하는 당신! 그냥 뛰어갔다 올게요. 기타 등……. 내일 편지를 마칠게요. 자, 안녕! 나는 지금 편지를 다시 시작하겠어요. 오늘 우리 소피 아가씨는…….

아! 소피 아가씨가 어쨌다는 건지 보자. 에흐, 빌어먹을 녀석! ……아무것도 아니야, 아무것도……. 계속해서 읽자.

…… 우리 소피 아가씨는 상당히 바빴어요. 무도회에 갔었지요. 그런데 나는 아가씨가 없는 사이에 편지를 쓸 수 있어

서 기뻤어요. 우리 소피 아가씨는 무도회에 간다 하면 항상 기뻐 죽거든요. 옷을 갈아입을 때에는 항상 화를 내곤 하지만. 사랑하는 당신! 무도회에 나가는 것이 편하다니, 이해할 수가 없어요. 소피 아가씨는 아침 6시가 되어야 무도회에서 돌아오세요. 대체로 창백한 얼굴로 녹초가 되어 있지요. 그걸 보면 가엾게도 무도회에서는 아무것도 먹지 못했나 봐요. 솔직히 말해, 난 도저히 그렇게 살 수 없어요. 꿩고기나 소스를 곁들인 닭 날개 고기를 먹지 않으면…… 나 같으면 어떻게 될지도 모르겠군요. 죽에 소스를 쳐서 먹어도 역시 맛있어요. 그렇지만 당근이나 무나 엉겅퀴 같은 것은 별로 안 좋아해요…….

아주 고르지 못한 글이다. 한눈에 사람이 쓴 글이 아니라는 점이 드러난다. 처음엔 그런대로 따라가겠지만, 결국 개같이 끝난다. 어디 또 다른 편지를 읽어 보자. 이건 좀 길군. 흠! 날짜가 없네.

아, 사랑하는 사람이여! 제법 봄이 온 것을 느낄 수 있어요. 내 가슴은 마치 무엇인가를 기다리는 듯이 뛰어요. 귀에서 항상 시끄러운 소리가 들려와요. 그래서 난 멈춰 서서 문밖에서 들려오는 소리에 한동안 귀를 기울이곤 해요. 고백하지만, 내겐 많은 수캐들이 있어요. 때때로 난 창문 위에 앉아 그들을 살펴보지요. 아, 개들 중에는 정말 못생긴 것들도 있어요. 하나는 무척 못생긴 집 지기는 개인데, 바보라는 게 낯짝에 씌어 있는데도 거드름을 피우며 거리를 돌아다녀요. 스스로 훌륭한 위인이라 여기며, 모두가 자기를 바라보는 줄 알아요. 천만의 말씀이지요! 난 거들떠보지도 않아요. 그리고 때때로 창문 앞에 사나운 불독이 나타나지 뭐예요! 만일 뒷다리로 일어선다면, 뭐 그런 짓은 하지 않겠지만, 소피 아가씨의 아버지보다 머리만큼은 더 클 거예요. 그녀의 아버지도 키가 무척 크고 뚱뚱하죠. 이 바보는 무진장한 철면피지요. 내가 으르렁거려도 안중에 없다는 듯이 얼굴을 찡그리지도 않아요! 혀를 길게 내밀고 커다란 귀를 늘어뜨리고 창문으로 흘끔흘끔 들여다보는 꼴이, 영락없이 시골뜨기 같아요!

그러나 사랑하는 당신! 이 모든 구애자들에게 내 심장이 태연한 줄 아세요? 아, 아네요……. 이웃집 울타리를 뛰어넘어 찾아오는 어떤 기사를 당신이 한번 볼 수 있다면 좋을 텐데. 이름은 뜨레조르라고 불리지요. 아! 사랑하는 당신! 그분은 정말 귀엽고 멋지다고요!

에잇, 제기랄! ……망할 것! 어떻게 이런 시시한 이야기를 편지에 잔뜩 써 놓을 수가 있담! 인간이란 무엇인지 알게 해 줘! 난 인간을 알고 싶다고. 나한테는 마음의 양식이 필요해. — 영혼을 기르고 위로해 줘. 이따위 부질없는 것 대신에……. 좀 더 훌륭한 것이 없을까? 한 장 더 넘겨 보자.

…… 소피 아가씨는 작은 탁자에 마주 앉아서 무슨 뜨개질을 하고 있었어요. 나는 행인을 바라보기 좋아해서 창밖을 내다보는데, 갑자기 하인이 들어오더니 "쩨뿔로프 씨께서 오셨어요!"하지 않겠어요. "들여보내세요." 하고 소피 아가씨가 큰 소리로 말하고, 급히 날 껴안는 거예요. "아, 멧쥐! 멧쥐! 지금 그분이 누군지 네가 알기라도 한다면 — 갈색 머리의 시종 무관이야. 눈은 어떤데! 그 검은 눈은 마치 불같이 빛나고 밝

119

아!" 소피 아가씨는 얼른 방으로 들어갔어요. 얼마 후에 젊은 시종무관이 뒤따라 들어섰지요. 그는 검은 구레나룻을 길렀는데, 거울 앞으로 다가가서 머리를 좀 매만지는 방 안을 돌아보았어요.

한동안 짖어 댄 후 난 제자리에 가 앉았어요. 곧 소피 아가씨가 나오셔서 매우 반가운 듯이, 거드름을 피우는 사람에게 공손히 인사하는 거예요.

아무것도 모르는 체하며 난 줄곧 창밖을 내다보았죠. 그러다 고개를 좀 숙이고 무슨 얘기를 하나 들으려고 했어요. 아, 사랑하는 당신! 그들이 얼마나 시시한 얘기만 하는지! 어느 부인이 무슨 스타일의 춤을 다른 스타일로 잘못 알았느니, 어떤 보보프라는 사내는 자보[30]를 단 모양이 꼭 황새 같다느니, 그이가 넘어질 뻔했다느니, 리지나라는 여자는 초록빛 눈을 하고도 자기 딴에는 푸른 눈이라고 생각한다느니 등 쓸데없는 이야기들만 늘어놓는 거예요. 나는 속으로 생각했어요. 시종무관을 뜨레조르와 비교해 보면 어떨까! 정말이지, 하늘과 땅의 차이라는 말야! 우선 이 시종무관은 얼굴이 완전히 번지르르하고 넓적하며 그 주위에 마치 검은 손수건이라도 두른 듯한 구레나룻을 기르고 있지만, 뜨레조르의 얼굴은 길쭉하고 이마 복판에 난 털이 빠져 흰 자국이 보여요. 그리고 트레조르의 허리 둘레는 시종무관과 비교가 되지 않아요. 눈매도, 남을 대하는 태도나 기교로 봐도 딴판이에요. 아, 얼마나 큰 차이가 나는지! 사랑하는 당신! 나는 께벨로프의 어디가 좋은지 모르겠어요. 아가씨는 무엇 때문에 그런 사람에게 반할까요?

---

30 셔츠의 장식이다.

하긴 나도 여기에서 무언가 좀 이상하다고 느꼈다. 그녀가 시종무관에게 빠지다니 있을 수 없는 일이다. 더 보자.

내 생각에 이따위 시종무관이 마음에 든다니, 차라리 아버지 서재에 앉아 있는 그 관리가 더 나을 것 같아요. 아, 사랑하는 당신! 아시다시피, 그 관리는 추하게 생겼지요. 자루를 뒤집어쓴 거북이 같아서…….

이 관리란 대체 누굴까?

이름도 아주 이상해요. 언제나 서재에 앉아서 펜대만 깎고 있거든요. 머리털은 흡사 건초 같아요. 아빠는 하인 대신에 항상 그를 보내지요.

이 불쾌한 개가 아마도 날 노리는 모양이다. 내 머리칼 어디가 건초 같다는 걸까?

소피 아가씨는 그 사람의 얼굴을 보면, 웃음을 참지 못해요.

거짓말하는 것 좀 봐. 저주받을 강아지 같으니! 이럴 때 비위에 거슬리는 말을 하다니! 내가 이것이 누구의 장난질인지 모르는 줄 아는 모양이지. 이것도 우리 부서 감독관의 장난이야. 사실 그 인간은 타협하기 어려운 질투를 하고 있거든. 그러니 사사건건 해치고 괴롭히는 거야. 그건 그렇고, 남은 편지한 통이나 보자. 아마도 거기에선 내막이 좀 더 드러나겠지.

사랑하는 피젤, 오랫동안 소식을 전하지 못해 미안해요. 나는 요즘 기뻐서 정신을 못 차릴 정도예요. 어느 작가가 "사랑은 제2의 삶."이라고 옳게 말했어요. 게다가 우리 집에선 지금 큰 변화가 일어나고 있어요. 요새 그 시종무관이 날마다 우리 집에 와요. 소피 아가씨는 그에게 홀딱 반했거든요. 아버님도 여간 기뻐하지 않아요. 마룻바닥을 쓸면서 언제나 혼잣말로 곧 결혼식이 있을 거라고 중얼거리는 우리 집 하인 그리고리한테 들었어요. 그건 아버님이 기어코 소피 아가씨를 장군이나 시종무관이나 아니면 대령과 결혼시키려고 하시기 때문이지요…….

제기랄! 더 읽을 수 없다……. 걸핏하면 시종무관 아니면 장군이라니, 이 세상은 더 나을 것이 없다. 시종무관 아니면 장군이 모든 것을 차지한다. 내가 어떤 초라한 재물이라도 찾아내어 손에 넣으려고 하면, 으레 시종무관이나 장군이 가로챈다. 제기랄! 나도 장군이 되고 싶다. 청혼을 받기 위해서가 아니다. 내가 장군이 되면, 그들이 어떻게 착 달라붙어서 모호한 말과 예절을 다해 행동할지 보고 싶어서다. 그다음에 그자들한테 침이라도 뱉어 주고 싶다. 제기랄, 화가 치민다! 난 이 멍청한 개새끼의 편지를 착착 찢어 버렸다.

12월 3일

있을 수 없는 일이다. 거짓말이다. 결혼이라니, 있을 수 없는 일이다! 시종무관 따위가 뭐냐는 말이다. 사실 이건 관직에 불과할 뿐, 아무것도 아니다. 손으로 잡고 감촉을 느낄 수 있는 어떤 물건도 아니다. 사실 시종무관이라고 해서 이마에 눈알이 하나 더 박힌 것도 아니다. 또 코가 금으로 된 것도 아니고, 내 코도 모든 사람의 코와 같다. 시종무관도 코로 냄새는 맡을 테지만, 먹거나 재채기하지는 않을 것이다. 지금까지 나는 어째서 이 모든 차이와 다양성이 있는지 여러 번 파악하고 싶었다. 나는 9급 관리. 왜 9급 관리가 되었을까? 어쩌면 나는 백작이나 장군인데, 다만 9급 관리처럼 보이는 건 아닐까? 아마 나 자신도 내가 어떤 인간인지 모르고 있을 거다. 사실 역사에도 그런 예가 얼마든지 있다. 어떤 평민이 귀족이 되는 경우가 아니라 해도 그럴 수 있다. 어쩌다가 평민이나 농부로 살던 어떤 이의 진짜 신분이 드러나 갑자기 어느 귀족이나 황제라고 밝혀지는 경우도 종종 있다……. 농부까지도 종종 그럴 수 있는데, 귀족인 나에게 무슨 일이 생길지는 알 수 없는 것 아닌가? 가령 내가 갑자기 장군의 예복이라도 걸치고 그 저택을 찾아갔다고 가정해 보자. 내 양쪽 어깨에 견장을 달고, 하늘색 리본을 어깨에 비스듬히 건다면 어떨까? 그러면 그 미인은 어떻게 말하기 시작할까? 그리고 그녀의 아버지인 우리 국장은 무슨 소리를 할까? 오, 그는 대단한 야심가 아닌가! 그는 자유 석공 조합원[31]이다. 분명히 자유 석공 조합원이다. 이러저러하게 시치미를 떼고 있지만, 그가 조합원이라는 점을 난 첫눈에 알아봤다. 나도 당장에 총독에 임명되거나

---

31 원문의 러시아어 '마손(Mason)'은 18세기 영국에서 생겨난 도덕적, 종교적 성격의 비밀 결사로서 우리말로는 '비밀 공제 조합원'이라 번역된다. 귀족 계급과 연관되어 있지만 부르주아 생활 양식을 거부하는 것이 특징이다.

경리 국장이나 그 밖의 어떤 관직을 받지 않을까? 내가 왜 9급 관리인지 알고 싶지 않을까? 다시 말해 내가 9급 관리인 이유가 뭘까?

12월 5일

오늘 오전 내내 줄곧 신문만 보았다. 스페인에서 이상한 일이 일어나고 있다. 도저히 이해할 수 없다. 왕이 없어져 신하들이 왕위 계승자를 찾는 데 난관에 빠졌다고 한다. 이 때문에 반란이 일어났다고 한다. 이건 참으로 이상한 이야기 같다. 어떻게 왕이 없어질 수 있단 말인가! 어느 귀부인이 왕위를 계승해야 한다고 한다.[32] 여자가 어떻게 왕위에 오를 수 있겠는가. 그럴 수는 없다. 역시 남자가 왕위에 올라야 된다. 그런데 어째서 과거에 왕이 없었다고 현재 왕이 없고, 또 왕이 될 사람이 없다는 것인가? 왕이 없는 국가는 있을 수 없다. 한 나라에 왕이 없다는 것은 있을 수 없다. 왕은 있는데, 어딘가에 몰래 숨어 있을 것이다. 아마도 왕은 거기에 있으나 집안에 무슨 이유가 있을 터다. 아니면 이웃 강대국, 예컨대 프랑스나 그 밖의 다른 나라가 두려워서 부득이 몸을 감추고 있을 것이다. 그렇지 않으면 어떤 다른 이유가 있을 터다.

---

32 1833년 페르디난트 7세가 죽은 후 스페인에는 왕위 계승 문제가 생겼다. 왕의 형제인 돈 카를로스(Don Carlos)가 왕위 찬탈을 시도했음에도 불구하고, 페르디난트 7세의 세 살 먹은 딸 이사벨라 2세가 왕위를 승계하여 35년 동안 통치하였다.

12월 8일

관청에 나가고 싶은 생각이 간절했으나, 여러 가지 이유와 생각 때문에 나가지 않았다. 스페인에서 일어난 일이 아무래도 내 머리에서 지워지지 않았다. 여자가 왕이 되다니 어떻게 그럴 수가 있나? 그건 절대로 안 된다. 우선, 영국이 허락하지 않을 것이다. 게다가 그것은 유럽 전체와 관련된 정치적문제다. 솔직히 말해서 오스트리아 황제나 우리 황제도 이 일에 신경을 썼다. 나는 하루 종일 일이 손에 잡히지 않았다. 내가 식사를 하면서도 멍한 얼굴을 하고 있더라고 마브라가 말해 주었다. 아닌 게 아니라, 마루 위에 접시를 두 개나 떨어뜨려 산산조각 내 버렸다. 식사를 마치고 산에 가 보았다. 교훈이 될 만한 것이 아무것도 없었다. 대부분의 시간을 침대에 누워 스페인 문제를 곰곰이 생각하며 보냈다.

2000년 4월 43일

오늘은 위대한 경사가 있는 날이다. 스페인의 왕이 살아 있었다. 그가 발견되었다. 그 왕은 바로 나다. 오늘에야 비로소 이 사실을 알았다. 솔직히 말해 번개처럼 갑자기 그런 생각이 들었다. 어찌하여 나는 나 자신을 지금까지 9급 관리라고 생각하고 상상할 수 있었는지 도무지 이해가 되지 않는다. 난 어떻게 그런 어리석은 공상을 하게 되었을까? 아무도 나를 아직 정신 병원에 보내려고 하지 않아서 다행이다. 이제 모든 일이 다 밝혀졌다. 이제 모든 것이 마치 손바닥을 들여다보듯이 다 보인다. 그런데 무엇보다도 모든 일이, 마치 시야가 어떤 안개 속에 휩싸인 것처럼 이해가 안 되었다. 내 생각에, 사람들이 인간의 두뇌가 머릿속에 있다고 생각하기 때문에 이 모든 일이 일어난다. 이건 천만의 말씀이다. 인간의 두뇌는 저 카스피 해 쪽에서 바람을 타고 들어오는 것이다. 우선 마브라에게 내가 누구인지 설명해 주었다. 그녀는 자기 앞에 스페인 왕이 있다는 말을 듣자 두 손을 탁 치며, 두려워 거의 죽을 지경이 되었다. 그녀는 둔한 여자로서 스페인 왕을 아직 한 번도 본 적이 없었다. 그러나 나는 그녀의 마음을 가라앉히고, 지금까지 그녀가 가끔 내 장화를 깨끗이 닦지 않은 데에 대해 앞으로 꾸짖지 않겠다고 했다. 내 관대함을 믿도록 위로해 주었다. 사실 그녀는 무식한 백성이다. 고상한 말을 할 필요도 없다. 마브라는 스페인 왕이라면 모두가 펠리페 2세[33] 같은 줄 알았기 때문에 이처럼 놀란 것이다. 그러나 나는 펠리페와 전혀 다르다. 너그러운 카프친[34]의 탁발 수도사는 한 사람도 가까이하지 않을 거라고 설명해 주었다. 관청에는 나가지 않았다……. 그까짓 관청 같은 건 아무래도 괜찮다! 아니오, 여러분, 이젠 나를 속이지 마시오. 그 더러운 서류를 청소하지 않을 것이다.

---

33 펠리페 2세(1527~1598)는 스페인의 왕으로 엄격하고 열렬한 가톨릭 신자이자 폭군이었다. 그가 재위할 당시에 종교 재판이 최고조에 다다랐다.

34 '카프친(Capchins)'은 로마 가톨릭 계통의 한 종파로서, 1528년에 설립된 새로운 법령을 따르는 프란체스코 탁발 수도회를 말한다.

30월 86일 낮과 밤 사이

오늘 회계 감사원이 찾아와 나보고 관청에 나와 달라고 했다. 나는 이미 삼 주일 넘게 관청에 나가지 않았다.

장난삼아 잠시 관청에 나갔다. 과장은 내가 굽실거리며 사과라도 할 줄 알았겠지만, 나는 지나치게 화를 내거나 과하게 호의를 보이지 않고 무관심하게 그를 대했다. 아무도 안중에 없다는 듯한 태도로 내 자리에 가서 앉았다. 하찮은 관리들을 둘러보고 이렇게 생각했다.

'너희들 사이에 누가 앉아 있는지 안다면⋯⋯. 아! 어떻게 될까! 소동이 일어날 거다. 과장도 직접, 지금 국장 앞에서 하듯이 코가 땅에 닿도록 나한테 절을 할 거다.'

나더러 요약하라며 어떤 서류를 내 앞에 내놓았다. 그러나 나는 손가락 하나 까딱하지 않았다.

몇 분 뒤에 모두들 바쁘게 돌아다니며 웅성거렸다. 국장님이 오신다는 것이다. 관리들은 국장에게 잘 보이려고 앞다투어 뛰어나갔다. 그러나 나는 그 자리에서 꼼짝도 하지 않았다. 국장이 우리 사무실을 지나갈 때, 동료들은 모두 옷의 단추를 채웠으나 나는 아무것도 하지 않았다. 국장이 다 무어야! 그따위 놈 앞에 내가 서 있다니 될 말인가! 그따위가 어떻게 국장인가? 그 녀석은 국장이 아니라 코르크 마개다. 보통 코르크 마개, 단순한 코르크 병마개지, 아무것도 아니다!

무엇보다도 재미있었던 일은 서명하라고 나한테 서류를 내밀었을 때다. 녀석들은 내가 판에 박힌 듯이 주임 아무개라고 쓸 거라 생각했겠지. 그럴 리가 있나! 나는 언제나 국장이 서명하게 되어 있는 자리에 '페르디난트 8세'라고 서명했다.

주위가 얼마나 존경 어린 침묵에 싸이던지 볼만했다. 그래서 손을 들어 끄덕이며 나는 말하였다.

"조금도 송구스러워할 필요가 없네!"

그 길로 밖으로 나왔다.

거기서 직접 국장 댁으로 갔다.

국장은 집에 없었다. 하인은 나를 집에 들여보내려 하지 않았으나, 내가 한마디 하자 그는 낙담했다. 곧바로 휴게실로 뛰어갔다. 국장 따님이 거울 앞에 앉아 있다가 벌떡 일어나 뒤로 물러섰다. 그러나 나는 내가 바로 스페인 왕이라는 사실을 밝히지 않았다.

상상조차 할 수 없는 행복이 그녀를 기다리고 있다고만 말했다. 그리고 적들의 간계에도 불구하고 우리는 부부가 될 거라고 말했다.

나는 더 이상 말하고 싶지 않아서 밖으로 나왔다.

아, 여자란 얼마나 교활한가! 이제야 여자가 무엇인지를 알게 되었다. 지금까지는 여자가 누구한테 홀딱 반하는지 아무도 몰랐으니까. 난 처음으로 이것을 깨달았다. 여자가 홀딱 반하는 건 바로 악마에 대해서다. 그러나 이건 농담이 아니다. 물리학자는 이런저런 쓸데없는 것들을 쓰지만, 여자는 악마만을 사랑한다. 저것 좀 봐. 첫째 줄 특별석에 있는 한 여자가 쌍안경을 들이대고 있지 않은가. 여러분은 그녀가 아마도 훈장을 단 뚱보를 바라보고 있다고 생각하겠지. 천만에, 그녀는 뚱보 뒤에 숨어 있는 악마를 바라보고 있는 거다. 보라! 악마는 그 남자의 연미복 속으로 숨어 버렸다. 거기서 그놈이 손가락으로 그녀를 부르고 있지 않은가! 그리하여 그녀는 악마의 아내가 되어 버린다. 시집을 가는 것이다.

그런데 신분이 높은 그자들의 아버지들은 저마다 팔방미인으로, 궁중에 드나드는 패거리들이다. 각자 자기들만이 애국자인 양 떠든다. 이 애국자들은 임대료를 원한다. 야심가요, 배신자들이다! 돈을 벌기 위해서는 어머니나 아버지, 아니 하느님까지도 팔아넘긴다!

이것은 모두 야심이요, 그 야심은 혀끝에 조그마한 물집을 만든다. 그 물집 속에 좁쌀만 한 벌레가 도사리고 있기 때문에 야심이 생겨난다. 그리고 고로호바야 거리에 사는 어느 이발사가 이 모든 것을 만들어 냈다. 그의 이름은 기억나지 않는다. 그가 어느 산파와 짜고 마호메트교를 전 세계에 전파하려고 한다는 것은 너무 잘 알려져 있다. 프랑스인 대부분이 이미 마호메트교를 인정하였다는 정보도 믿을 만하다.

며칠도 아니다. 날짜가 없는 날.

네프스끼 거리를 몰래 걸어가는데 황제 폐하가 지나갔다. 시민들 모두가 모자를 벗었으므로, 나도 벗었다. 그러나 나는 내가 스페인 왕이라는 걸 조금도 드러내지 않았다. 궁중에 들어가기도 전에 모든 사람들 앞에서 내 신분을 드러내는 일은 예의가 아니라고 생각했다. 아직까지 왕의 망토를 장만하지 못했기 때문에 주저했다. 기다란 망토 같은 것이라도 손에 넣을 수 있다면. 재봉사에게 주문하고 싶었지만, 모두가 완전히 바보들이다. 게다가 자기 일에 전혀 열의가 없다. 투기에나 빠져 많은 사람들이 길거리에서 빈둥거리고 있다. 그래서 나는 두 번밖에 입어 보지 않은 새 예복으로 긴 망토를 만들기로 하였다. 그러나 그 악당들이 망치지 못하게, 아무도 모르게 문을 꼭 닫아걸고 내가 손수 만들기로 했다. 재단법이 전혀 다르므로, 나는 그 모든 것을 가위로 토막토막 잘라 내었다.

날짜가 기억나지 않는다. 달도 없다. 왜 그런지 알 수 없다.

긴 망토를 완벽하게 바느질하여 준비했다. 그것을 몸에 걸치자, 마브라는 소리를 질렀다. 그러나 나는 아직 궁중에 들어가기를 망설이고 있다. 아직까지 스페인에서 사절이 오지 않았다. 사절단 없이 간다는 것은 예의가 아니다. 그래서는 내 신분의 위신이 안 선다. 나는 사절을 손꼽아 기다리고 있다.

1일

사절단의 도착이 너무 늦어서 나는 어안이 벙벙했다. 무엇 때문에 이렇게 늦어진단 말인가. 프랑스 때문일 거다. 프랑스는 사이가 가장 나쁜 국가다. 우체국에 가서 스페인 사절단이 도착했는지 어떤지 물어보았다. 그러나 우체국장은 너무 멍청해서 아무것도 모른다. 없어요. 스페인 사절단 같은 건 없어요. 그러나 편지를 쓰고 싶다면, 규정 요금으로 보내 드리지요. 제기릴! 편시가 다 뭐야! 편지는 모두 시시하다. 약제사들이나 편지를 쓴다…….

마드리드에서 2월 30일

마침내 나는 스페인에 와 있다. 이 일이 너무 빠르게 일어났기 때문에, 거의 정신을 차릴 수 없었다. 오늘 아침에 스페인 사절단이 도착했고 함께 마차를 탔다. 속력이 너무 빨라서 이상한 생각이 들었다. 우리는 너무나 빠르게 질주했고, 반 시간이 지나자 스페인 국경에 도달하였다. 하긴 요즘은 유럽 모든 나라에 철길이 놓여 있고, 기선들도 굉장히 빨리 달린다. 스페인은 이상한 나라다. 우리가 첫째 방에 들어섰을 때, 나는 머리를 빡빡 깎은 자들을 보았다. 그러나 나는 이들이 스페인 최고 귀족이나 병사라고 추측했다.[35] 왜냐하면 그들이 머리를 빡빡 깎았기 때문이다.

내 손을 잡고 길을 안내해 준 수상의 태도가 매우 이상했다. 그는 나를 작은 방에 밀어 넣으며 말했다.

"자, 저기 앉아 있어. 다시 페르디난트 왕이라는 말을 하면, 정신이 나게 두들겨 패 주겠다."

그러나 이것은 유혹일 뿐 아무것도 아니라는 것을 알기에, 나는 그 녀석의 말을 거역하였다.

그러자 수상은 몽둥이를 들고 내 등을 두 번이나 후려갈겼고, 나는 어찌나 아픈지 소리를 지를 뻔했다. 그러나 나는 스페인이라는 나라에는 아직 기사도가 없으므로, 이것은 최고의 지위에 오를 때 반드시 받게 마련인 기사의 예법이리라는 생각에서 참기로 했다. 혼자 남아 국가 정무를 수행하기로 했다.

---

35 여기서 머리를 빡빡 깎은 사람들은 '프란체스코 탁발 수도사'를 말한다.

중국과 스페인은 완전히 한 나라의 땅인데도 불구하고, 모두들 무식하여 다른 나라로 간주할 뿐이다. 종이에 스페인이라고 써 보면, 그것은 어느새 중국어가 돼 버린다. 그러나 그것보다는 내일 있을 큰 사건 때문에 골치가 아프다. 내일 7시에 이상한 현상이 일어나게 되어 있다. 지구가 달 위에 앉는 것이다. 이미 영국의 유명한 화학자 웰링턴도 이것에 대해 썼다. 솔직히 말해 달이 몹시 약하고 어리다는 것을 생각하니 마음이 불안하기 짝이 없다. 달은 대체로 함부르크에서 만들어지는데 잘 만들어지지는 않는다. 영국이 여기에 관심을 두지 않는다는 점이 놀랍다. 절름발이 통장수가 달을 만든다. 그는 멍청이라 달에 대해서는 아무것도 모르는 것 같다. 타르를 밧줄로 쓰고, 나무 기름도 종종 섞는다. 코를 막아야 할 정도로 고약한 냄새가 지구 곳곳에 떠돈다. 그래서 그 달은 너무 약해서 사람이 살 수 없다. 거기에는 지금 코들만이 산다. 그래서 우리는 자기 코를 볼 수가 없다. 코가 달나라에 가 있기 때문이다. 지구는 무거운 물체이기 때문에 이것이 달 위에 올라 앉으면 우리들 코는 금세 가루가 될 터다. 불안한 마음에 나는 안절부절못하고 양말과 덧신을 신은 채 서둘러 의사당으로 뛰어갔다. 경찰에 지시하여, 지구가 달에 올라앉지 못하도록 할 생각이었다. 의사당에는 스페인 최고 귀족인 승려들이 가득 들어차 있었다. 이들은 아주 현명한 사람들이다. 내가 "여러분, 지구가 달 위에 올라가려 하니, 달을 구합시다!" 하고 말하자, 모두가 동시에 자기 군주의 소망을 수행하기 위하여 모여들었다. 그리하여 달을 잡기 위해 많은 사람들이 벽으로 기어올라갔다. 그러나 이때 수상이 들어왔다. 그를 본 모든 사람들이 사방으로 도망쳐 버렸다. 나는 왕이라 혼자 남아 있었다.

그러나 수상은 놀랍게도 나를 몽둥이로 후려갈기면서 내 방으로 몰아넣었다. 이처럼 스페인에서 국민의 관습은 강력하다.

2월 이후에 일어난 같은 해의 1월

지금까지 나는 스페인이라는 나라가 어떤 나라인지 정체를 알 수 없었다. 국민의 습성이나 궁중 예법도 전혀 달랐다. 난 이해가 안 됐고, 현재도 이해가 안 된다. 실제로 아무것도 이해가 안 된다.

오늘도 나는 수도사가 되기 싫어 안간힘을 쓰면서 외쳐 댔지만, 내 머리는 깎이고 말았다. 그리고 찬물을 머리에 뒤집어썼을 때의 기분은 전혀 기억할 수 없을 지경이다. 그런 지옥 같은 고통을 느껴 본 적이 없다. 나는 미쳐서 날뛰다가 많은 사람들에게 붙잡혀 버렸다. 이런 이상한 관습의 의미를 전혀 이해할 수 없다. 실로 어리석고 의미 없는 관습이다! 지금까지 이런 악습을 폐지하지 않은 역대 왕들의 경솔한 태도를 이해하기 힘들다. 잘 생각해 보니 십중팔구 추측이 된다. 어쩌면 내가 종교 재판에 회부되었는지도 모른다. 그렇다면 내가 수상이라고 생각하는 자는 종교 재판장(대심문관)임에 틀림없다. 왕이 종교 재판을 받는다니 전혀 이해할 수 없는 일이다. 사실 그것은 프랑스 측에서, 특히 폴리냐크[36]가 조종하는

---

36 폴리냐크(Jules-Armand, Prince de Polignac, 1780~1847): 1830년에 수상 자격으로 중의원회 해산과 출판 자유 폐지 명령 법안에 서명한 프랑스의 반동 정치가다.

것일 수 있다. 폴리냐크는 교활한 인간이다! 그는 죽을 때까지 나를 괴롭히기로 맹세했다. 괴롭히고 또 괴롭힌다. 그러나 여러분! 영국 사람이 여러분을 인도한다는 사실을 난 알고 있다. 영국놈은 대정치가다. 그들은 어디서나 침착하지 못하다. 영국이 담배 냄새를 맡으면, 프랑스가 재채기를 한다는 것은 이미 세상이 다 안다.

25일

오늘 종교 재판장이 내 방에 들어왔다. 그러나 나는 멀리서 그의 발걸음 소리를 듣고, 의자 밑에 숨어 버렸다. 그놈은 내가 보이지 않으니까 부르기 시작했다. 처음엔 "뽀쁘리시친!" 하고 불렀다. 대답하지 않았다. 이번에는 "아끄쎈찌 이바노프! 9급 관리! 귀족!"이라고 불렀다. 여전히 잠자코 있었다. 그러자 "페르디난트 8세 스페인 왕!" 하고 불렀다. 목을 내밀고 싶었으나 잠시 생각하였다. '안 돼. 속지 마! 내 머리통에 차가운 물을 다시 끼얹겠다는 말이야. 다 알고 있어.' 그러나 그놈은 의자 밑에 있는 나를 보자 몽둥이를 휘두르며 밖으로 몰아내었다. 그는 저주스러운 그 몽둥이로 사정없이 나를 후려갈겼다. 그러나 오늘의 발견은 이 모든 고통을 보상해 주었다. 모든 수탉의 닭장에 스페인이 있고, 모든 수탉은 그들의 날개 밑에 스페인을 숨기고 있다는 사실을 알았다. 그러나 종교 재판장은 노발대발하더니 나에게 형벌을 가하겠다고 위협하고 나서 나가 버렸다. 그러나 놈이 영국인의 도구로서 기계처럼 움직이고 있다는 점을 알기 때문에, 나는 그에게 나쁜 의도가 없다고 간주하여 완전히 무시하기로 했다.

녀 349ㄴ 2월 이34ㄹ

이건 아니다. 이제 더 이상 참을 수 없다. 아, 하느님! 놈들이 나한테 무슨 짓을 하는 건가요! 내 머리통에 찬물을 퍼붓다니! 놈들은 내 말에 귀를 기울이지 않고 보지도 않고 내 말을 숫제 들으려고도 하지 않습니다. 내가 놈들에게 무엇을 했단 말인가요? 왜 나를 괴롭히는 건가요? 나 같은 가난뱅이한테서 무엇을 원하는 것일까요? 내가 무엇을 줄 수 있단 말인가요? 나는 가진 것이 하나도 없다. 나는 그만 지쳐 버렸고, 이 모든 고통을 참을 수 없다. 머리통이 불타오르는 것만 같고, 눈앞이 빙빙 돈다. 살려 줘요! 살려 줘요! 바람처럼 질주하는 트로이카를 주세요. 자, 마부도 올라타라. 말방울을 울려라. 말도 힘차게 달려라. 나를 세상 끝까지 데려가다오! 아무것도, 아무것도 눈에 보이지 않을 때까지 멀리멀리 달려라. 눈앞에서 하늘이 날아오른다. 멀리서 별이 반짝인다. 숲이 검은 나무와 달과 함께 달려간다. 발밑에는 푸른 안개가 자욱하다. 안개 속에서는 현을 켜는 소리가 울려 퍼진다. 한쪽에는 바다가 있고 저 다른 쪽에는 이탈리아가 있다. 그리고 저쪽에는 러시아의 농가가 보인다. 저기 푸르게 보이는 것은 우리 집이 아닌가? 창가에 앉아 있는 사람은 어머니가 아닌가? 어머니, 이 가엾은 아들을 살려 주세요! 이 아픈 머리통에 눈물이라도 한 방울 떨어뜨려 주세요! 보세요, 그놈들이 당신의 아들을 어떻게 괴롭히는지를! 이 가엾은 고아를 당신의 가슴에 꼭 껴안아 주세요! 이 세상엔 당신의 아들이 기댈 곳이 없어요! 사람들이 괴롭혀요! 어머니! 이 병든 아들을 가엾게 여겨 주세요! ……알제리 총독의 코밑에 혹이 있는 것을 아세요?

옮긴이
조주관

미국 오하이오 주립 대학교 슬라브어문학과 대학원에서 석사 학위와 박사 학위를 받았다. 한국 러시아문학회 회장과 러시아 과학아카데미 세계문학 연구소 학술 위원을 역임했고, 2000년 2월에 러시아 정부로부터 푸시킨 메달을 받았다. 현재 연세대학교 노어노문학과 명예교수이다. 지은 책으로 『러시아 문학의 하이퍼텍스트』, 『죄와 벌의 현대적 해석』, 『고대 러시아문학의 시학』 등이 있고, 옮긴 책으로 『타라스 불바』, 『페테르부르크 이야기』, 『검찰관』, 『시의 이해와 분석』, 『러시아 현대비평이론』 등이 있다.

외투

1판 1쇄 펴냄 2017년 6월 30일
1판 10쇄 펴냄 2024년 5월 14일

지은이 니콜라이 고골
옮긴이 조주관
발행인 박근섭, 박상준
펴낸곳 (주)민음사

출판등록 1966. 5. 19. 제16-490호
서울시 강남구 도산대로 1길 62(신사동)
강남출판문화센터 5층 06027
대표전화 02-515-2000 팩시밀리 02-515-2007
www.minumsa.com

ISBN 978 89 374 2915 6 04800
ISBN 978 89 374 2900 2 (세트)